サスケ様
寝ているときも
仮面を被っているんだね
どうしてかな？

だぁぁ――――！
なぜ、一緒のベッドに
入り込んでいるんだ！

ねえ、隣に座らない？
私だけ座っていたら間抜けでしょう？

異世界に再召喚された勇者の隠密できないアサシン無双

鳥村 居子

BRAVENOVEL
ブレイブ文庫

目　次

INDEX

序　章　派手な力に哀れみを…………………………… 004

第一章　向いていない仕事に儚い努力を………… 010

第二章　会いたくもない昔の同僚に挨拶を……… 055

第三章　意外な彼女の姿にときめきを…………… 097

第四章　へこたれない勇気で任務達成を！……… 167

序章　派手な力に哀れみを

「――なぜばれた」

今回は完璧だったはずだ。

力も抑えるだけ抑えたし、服装だって黒めの格好で、なるべく地味にした。顔だって、いつものように黒い仮面を被って隠している。有名になってしまった俺だとわかるわけがないのだ。

ところが結果は俺の望んだものではなかった。

――大勢の敵に囲まれていた。

黒装束やぼろ切れのような衣服の男たちが、長剣や槍を手にして俺たちを睨みつけている。

「サスケ様、どうするの？」

隣にいた少女が、そう呼びかけて俺に話しかけてくる。

とても美しい少女だ。長い銀髪は星が瞬いているように小さな背中の上を流れていた。金色の瞳は宝石のような輝きを放っている。布の上からでもわかる、ほっそりとした身体は風が吹いてしまうだけで折れてしまいそうだ。彼女は俺と同じように黒いぼろ切れの布を頭から被り、姿を隠していた。

「お師匠様（仮）、申し訳ありませんが、ばれるのは当たり前かと」

隣にいた青年がため息交じりに言ってくる。赤い短髪にきつい眼差しは、どこか刺々しさをまとった猫を彷彿とさせる。

すらりと伸びた長身に端正な顔立ちのため女性ならば、あっという間に虜になるだろう。俺からしたら嫉妬するくらいの外見なのだが、そうならないのは――

「地味な格好だから問題ないと思ったのでしょうが、一番敵の多い経路をわざわざ選んで敵のアジトに突っ込むのはやりすぎです。気配を隠すか、少なくとも隠れるくらい……最低限の努力はすべきかと。それもせずに堂々と走りながら正門から向かうとか。後ろから、ついていきながらも、さすがに足音を消すくらいのことはするかと思っていましたが……」

本当に、こいつは人の気持ちを考えない奴だ。

青年はサーベルを手にして黒装束の敵たちと対峙しながら言葉を続けた。

「通常、隠密行動を取るべきところを何一つなさらないのは、正直驚きました。とどめは爆音を伴う火薬の暴発です。なにゆえ、正門前でそのようなことをなさったのか、何をお考えなのかは、さすがの私でもわかりませんが……」

正論ゆえに辛口だ。こいつは見た目が良くても、このように中身が残念なのだ。

「ば、爆弾で侵入経路を作るためにどこかを壊そうと思ったんだよ。ただ正門まで爆発するとは思わなかっただけで……」

困惑しながら、そう答えると青年は緩やかに首を横に振った。

「そもそも愚直に突入しようとする考えを改めた方がよいかと」

「だったら、やる前に止めてくれ」

そう俺が突っ込むと青年は近づきつつある敵を警戒しながら言ってくる。

「まさか、なぜ、誰がお師匠様（仮）の行動を止められましょうか。挑戦しようとするお師匠様（仮）の気持ちを尊敬しております。その勇敢極まりない気持ち、勉強させてください」

そんな青年の反応にげんなりした。

銀髪の少女がショートダガーを構えながら低い声で口を挟む。

「突っ込むだけ突っ込むくせに全肯定するとか、正直な話、まったくよくわからない思考回路をしているよね。ボク、キミのことだけは本当に理解できない」

「理解できなくて結構。貴様との相互理解を断固拒否する」

「二人とも、いい加減にしろ」

そう俺が言った途端、周囲の敵が飛びかかってきた。

「敵が来たよ、どうする？　サスケ様」

小さく呻く少女を見て俺はフゥと息を吐く。

「……少し黙っていてくれ」

そう言いながら俺は指先に力を込めた。自分の力《熱制御》が、なるべくばれないように注意しながら、周りの敵に向かって爆風を撃ち込んだ。

ドカンッと豪快な音と共に地響きが生じる。

「俺は今、こいつらと話したいんだ。邪魔をするな」

ぐたりと倒れ伏した敵たちに向かって言い放つ。

だが力を抑えることに失敗してしまったようだ。夜闇に響く轟音と周囲を巻き込む突風に、ああ、またやらかしてしまったと慌てふためいてしまう。

隣の少女がうっとりとした眼差しで言ってくる。

「ああ、さすが、サスケ様。こんな一瞬で敵を倒すなんて。好き、尊い、愛してる……」

「素晴らしい、お師匠様（仮）。ばれたあとの後始末も派手だとは。完璧です」

盲目的に自分を褒め称える二人を前にして、俺はアジトの明かりが全部ついてしまったのを確認して頭を抱えた。

「本当、どうするんだ、これ」

俺のせいだ。力を抑えたつもりだったが派手にやりすぎてしまったようだ。

「尊いサスケ様。……向かってくる敵、もっと倒しちゃう？」

少女はワクワクしながら俺に話しかけてくる。

「いやいやいや、敵を倒すのが今回の目的じゃないから」

自分でやらかしたこととはいえ、顔をしかめて返答する俺に対し彼女は、キラキラと目を輝かせながら言う。

「サスケ様のどんな行動でも尊いのでボクは大丈夫、平気」

「何が平気なんだ。そういう問題じゃない」

「まあ、お師匠様（仮）のせいですからね。あなた様の問題ですよね」

「お前も冷静に突っ込むな!!　そこまでわかっているなら、俺が動く前に何とかしろって何度

も言わせるなよ！」

「いえ、だってせっかくのあなた様のお力ですから。是非、目の前で拝見したいのです」

「ああ、もう。わけがわからない」

頭を抱えたまま振り返れば、アジトの方から騒がしい音が聞こえてきた。

俺たちが見つかるのも時間の問題だろう。

「仕方ない、逃げるぞ」

そう言うと二人は嬉しそうに大きく頷いた。

俺は二人を引き連れてアジトの前にある森の方へと駆けだした。

アジトから大勢の人が出てくる気配を感じながら足を速める。

いつになったら、俺は隠密者らしい行動ができるのだろう。

なぜ、俺は隠密行動を取れないのか。

なぜ、隠密者見習いの俺がこんな目立ってしまっているのか。

その原因に想いを馳せながら、絶望した気持ちとともに空を見上げるのだった——

第一章　向いていない仕事に儚い努力を

二回目に召喚された感想は「早く元の世界に帰りたい」だった。

綺麗に広がった青い空を眺めながら、ゆっくりと身を起こして立ち上がった。

「今回はどうして喚ばれたんだ？」

そう呟いても答える者は誰もいない。

前回も異世界に召喚された理由はわからなかった。

わけもわからぬまま混乱して逃げ続けて、たくさん危険な目にあった。

ふとその時のことを思い出す。

いろいろあったが結局、偶然にも、のちに勇者のご一行と呼ばれる仲間たちに出会えて、俺も勇者として、世界を恐怖に陥れていた魔王を倒したことで、無事に元の世界に戻ることができたのだ。

俺は再び周囲を見渡す。静かだ。以前のような、濁ってどんよりした空気を感じないし、悲鳴や怒声が混じった不穏な騒音も聞こえてこない。

どうにも様子がおかしい。いや、おかしいのではなく、平穏そのものだ。

二度目なのに不安は一度目より強い。だが、それでも、その不安を拭ったのはある思い出だった。

「とりあえず、元の世界に戻る方法がわかるまで……」

前回、やれなかった、本当にやりたいことを思いきりやろう。

そう思った俺はもう一度、周囲を見渡す。

この世界で俺は有名になりすぎている。本当にやりたいことのために、まずは正体を隠すものを探さなければならない。

＊＊＊

「ここが集合場所か」

二回目の召喚から数日後。俺は、はやる気持ちを抑えながら、思わず呟いてしまう。

深淵の森と呼ばれる場所の中央に〝魔物の呼び水〟という名の真っ赤な湖がある。その名にふさわしく、昆虫や魚に似た不気味な草木があちこちに生えていた。

湖の周囲には俺と同じ目的で集まった冒険者たちがたむろしていた。

屈強な肉体の上に鉄の鎧を着た男や黒装束に身を包んだ老人、艶やかな薄衣をまとった女性、大人じみた表情をする子どもなど――様々な冒険者たちを前にして、いっそう心が昂ぶる。

これから彼らと争うことになるのだ。

「見慣れない奴だな」

突然、声をかけられ驚き振り向くと、そこには長身美麗の青年がいた。赤毛と同じ色の瞳、どこか刺々しい雰囲気をまとった彼は、顔をしかめながら言葉を続けた。

「顔を隠すような格好をして……それで弱者なのを誤魔化しているつもりなのか？」

急に喧嘩を売られるような真似をされ、戸惑いつつも返答した。

「これには、いろいろと複雑な理由があって……というか、突然何だ。お前、誰だ？　俺のこと知らないよな？」

このように確認するのには理由がある。俺は一度目の召喚で魔王を倒したことで、勇者として有名になり過ぎてしまっていた。もし正体がばれると、今回の目標を達成することが難しくなってしまう。

だから俺は正体がばれないように、こうしてハラハラしながら相手の出方を窺っているわけだ。

そんな俺の事情を知らない青年は、ため息をつく。

「……貴様など、私の知り合いではない。私の名はサイフォン。……本当は挨拶など無意味なのだがな。どうせ、この試験には私が選ばれるに決まっているし、貴様に話しかけたのは、あくまで時間潰しと助言にしか過ぎない」

その言葉に心中で安堵する。どうやら俺のことはばれていないようだ。だが今度は新たな疑問が生まれてきた。

「ああ、ご挨拶が遅れてしまい申し訳ない。俺はサスケだ。……しかし、助言？」

そう問いかけるとサイフォンは口を歪めて笑う。

「ああ、助言だ。貴様のような弱者がここにいても無意味、早く帰ることをおすすめする。無駄に心身ともに傷つくだけに過ぎないからな。参加者は実績がある有名な者ばかりで、それだけではなく、とてつもない能力も隠し持っている。あの鉄の鎧の男も、あの破廉恥極まりない格好をした女もな……貴様に、そういった、とてつもない能力はあるのか？　そう……」

そこまで言って彼は息を深く吸い込んだ。強い感情のこもった双眸で俺は睨みつけられる。

「かの有名な暗殺者の弟子になれるだけの実力が」

そう問いかけられて言葉に詰まってしまった。

そんなの、俺が一番わかっている。

これから俺が挑戦することは容易ではない。魔王を倒した勇者という俺の経験と、今回目指している暗殺者の技能は真逆だ。この世界に召喚されて備わった俺の特殊能力との相性も最悪だろう。

「そうかもな。だが、俺は諦めるわけには……」

そう言いかけるとガサリと音がした。

音の方に目をやると、複数の足音が近づいて来る。

また志願者の一人なのだろうか。やがて森の茂みが大きな音を立てる。そこから一人の老人が現れた。

老人は白髪に深いしわをしており、一見職人に見える茶色の作務衣のような服を着ているが、眼光は鋭く、隠しきれない覇気と威圧感に圧倒される。

「おおお、あれは……」

会場から感嘆の声が漏れる。

この老人こそ有名な暗殺者のマスルールだ。彼は隣国である暗殺教国ギズラで歴代最強と呼ばれるほどの技量を持つ暗殺者だった。だが、理由は謎だが、今ではここ大国アニュザッサに亡命して、移り住んでいるという。

俺が魔王を倒すために冒険していたときも、彼の名は聞いていた。俺は、暗殺者として憧れていた彼に会えて感動で胸がいっぱいになってしまった。

「ワシのような者の弟子の募集に、ここまで集まってくれて感謝する」

よく通る声を聞き、いっそう感動してしまい、彼の謙遜する言葉に畏敬の念を抱く。

ここには高名な暗殺者マスルールの弟子志願者たちが集っているが、おそらく先ほどサイフォンが説明したように、みな暗殺者としての実績を積んだ者たちなのだろう。

もちろん俺に、そんなものはない。だから、選ばれるわけがないと告げたサイフォンの言葉は正しい。

だが、そんな俺の懸念を拭うかのような声が響き渡った。

「初めまして、先に説明しておきますね、皆様」

マスルールの横から一人の少女が進み出る。銀髪金眼の小柄で可憐な美少女だ。まるで人形のようにも思えるほどの美貌で、この世の者とは思えない。

そんな彼女がニコリと微笑んだために、場の空気が一瞬で和やかなものになる。

「ご挨拶が遅れました。ボクはマスルール様の弟子が一人、ファナと申します。よろしくお願い致します。まず知らない方々もいるかもしれないので、きちんと説明をいたしますが、マス

ルール様の目指しているのは〝暗殺者〟ではありません。〝隠密者〟と呼ばれるものです」

隠密者？　一体何だろう？　前に俺がこの世界にいたときには聞いたことがなかった。

首を傾げているとファナと目が合ってしまう。ふわりと目元が和らぎ口元を緩め、彼女は微笑んだが、目は笑っていない。

無知を咎めるような視線に対し、申し訳ない気持ちがして萎縮してしまう。

周囲の者たちの何人かも隠密者についてわかってないようで、動揺する気配が伝わってきた。知らないのは自分だけではないことに安心しつつも、ファナの話の続きを待つ。

「隠密者とは、暗殺者で培った隠密行動を生業の糧として、人々の救いになることをする者のことです。迷い猫探しをはじめ、事件の解決や魔物の討伐など……まあ、勇者ギルドと近いと言われたら困るのですが、暗殺者としての実績もあるので、グレーな仕事も請けるところが違うかもしれませんね」

その言葉になるほどと頷く。

たしかにこの国アニュザッサには、暗殺者ギルドはない。暗殺者自体はいるのだが、彼らは暗殺教国ギズラで教育を受け、洗脳をされて管理されていることが多い。マスルールのようにギズラからアニュザッサに亡命した者は稀だ。

そこで俺は改めて、アニュザッサと暗殺教国ギズラについて思い返す。

アニュザッサは、イズルゲリラ大陸の中央から東半分を領する大国だ。王都カズウィンは、国土の東端に位置する都市で、隣国ギズラとはズークッシュ山脈を挟む形で接している。

アニュザッサの国土のほとんどが「バッタ草原」と呼ばれる肥沃な大地で、農産業も盛んであり、特にカズウィンは、果樹園や灌漑農業地帯でもある「メズエラの森」の中にあるために気候的にも過ごしやすく、年々人口が増えている。人口増加に伴って、さまざまな冒険者が集まり、多種多様のギルドが生まれ、中でも勇者ギルドの活動が活発だ。

一方、暗殺教国ギズラは、アニュザッサの東方にそびえるズークッシュ山脈内に位置する宗教国家だ。国土が険しい山々の中にあるため、攻めるに難く守るに易い。山頂には城の代わりとなる〝オイルガータ〟と呼ばれる要塞が構えている。

ちなみにギズラの国主はハシーシュと呼ばれ、この世の理《ことわり》を支配していると言われているらしい。

「――つまり我が師は新しい暗殺者像を目指して〝隠密者〟を世に広めたく日々頑張っています。皆様には、そのお手伝いをしていただければと思うのです。だから……」

ファナの双眸の奥に、どこか敵意のような感情が閃いた。

「ただ我が師の技術を盗みたいがために来た方々は、今すぐお帰りになられますよう、よろしくお願い致します」

その声は、鈴の鳴るように可憐であるにもかかわらず、どこか背筋が寒くなるような響きだ。

だが誰一人として立ち去る者はいない。

「あら、今回は勇敢で気持ちの強い方が多いようです。我が師よ」

驚いたように目を丸くするファナに、マスルールが満足そうに頷く。

「うむ、よいことじゃな」

そうしてマスルールは一歩前へと踏み出した。

「さて、お主たちの中から弟子を選ぶために試練を与えることにしよう。まず一つは〝魔物の呼び水〟と言われている湖の底から鍵を拾ってくること。簡単な話じゃろ？」

マスルールの言葉に、俺を含む周囲の冒険者たちが戸惑っている。

「……ん？　なんじゃや、その顔は？　それのどこに隠密行動が必要とされるのかと言いたいようじゃの」

ため息をついたマスルールは近くにあった切り株に腰をかけ、楽しげに笑った。

「一つだけ条件がある。――ワシはここから離れるつもりはない。目の前にいるワシに見つからぬように湖の底から鍵を拾い上げるがよい。そうそう、鍵の数には制限があるから早く拾い上げるべきじゃの」

「ちなみに今回の試練だけで合格というわけではありません。試練は他にもございます。全ての試練に合格したからといって必ず弟子になれるわけではありません。その逆もしかりです」

そんなファナの言葉に、落ち込みつつあった俺の気持ちが奮い立つ。

はっと顔を持ち上げて、つい大声を出してしまう。

「じゃあ、試練が未達でも、そのあとの頑張りようで挽回もありえるということか？」

「え、ええ、まあ」

そんな俺の言葉に困惑しながらファナは返答してくれた。

嬉しくて口元が自然と緩んでくる。ならば経験のない俺でも可能性があるかもしれない。だとすると俺のやることは、ただ一つ。やる気に任せてどんどん前に進むしかない。

「だったら……」

そう言いながら俺は前に躍り出る。

異世界に召喚されると能力を得ることがある。俺は一度目の召喚のときに、ある程度広い範囲で熱を制御するという能力を授かった。この〝熱制御〟は俺しか扱えなくて、勇者のときはこの力で派手に戦っていたため、俺の代名詞になっていた。

目立っては成立しない隠密者を目指す俺にとって、熱制御は正体がばれてしまうし、隠密者とは真逆の能力だが、みんなにわからないように、こっそり湖の水だけ蒸発させるだけなら大丈夫だろう。

魔物の呼び水と言われている湖だ。赤くて不気味なことこの上ないし、きっと周りの人も迷惑しているはずだから、水を蒸発させたところで問題はない。

俺はゆっくりと指先に集中し、湖へと意識を移す。

するとブワッと音がして水が吹っ飛び、白い蒸気のようなものが辺り一面に広がったと思うと、熱風とともにあっという間に湖が蒸発した。

成功した。俺は心の中でガッツポーズを取った。勇者時代よりは派手ではない。むしろ思ったよりも地味に湖水の蒸発ができたので隠密行動としては十分だ。

湖に近づいて底を見ると、日光に照らされてキラキラと輝く物が見えた。おそらく、あれがマスルールの言っていた鍵なのだろう。

「どうだ」と俺がマスルールを見ると、彼はどん引きしたような顔をしていた。

思っていたのとは違う反応に不思議がっていると、彼の口が開いた。

「……まずお主、人の話はきちんと聞いておったのか？　ワシにばれないように湖の底から鍵を拾い上げろと言ったのじゃが」

「え、今の俺がやったってバレたんですか」

目を丸くしながら問いかけるとマスルールは呆れたように答えた。

「たしかに具体的な証拠を挙げろと言われると困るが、お主が合図をして湖が枯れたんじゃ。お主の仕業だと思うのが自然じゃろ」

「いや、いや、俺では……」

「お主じゃろう」

「はい、俺がやりました」

問い詰められた俺は、素早く頭を下げて自分の仕業だと認めた。

「そんな……正直者すぎないかな」

ファナがそんな俺を見て絶句している。

「これ、少しは誤魔化すくらいはせんか」

「いや、いや、その、嘘をつきたくはなく……」

「嘘をつくことを嫌がるとは……。嘘は決して悪いことではない。それもわからず、闇雲に嘘を嫌悪するなら、お主、隠密者には向いていないぞ」

はっきり言われてしまった。

渋い顔をして告げるマスルールに対して、申し訳ない気持ちがいっぱいになり、頭が上がらない。

「も、申し訳ありません」

憧れの人物を前にみっともないことしかできていない。恥ずかしさで顔が熱い。

「すぐに認めた上に、さくっと謝るなんて。なんなのかな、この人。意味がわからない」

ファナが突っ込んでくる。そして俺に詰め寄ってきた。

「ね、ねえ、なんで、そんな意味のわからないことをするのかな？　なんで？」

「なんでって……」

「だって、今のキミの行為は自分で隠密者に向いていないって主張しているようなものだよ。それなのに、なんで？　我が師の弟子になりたいんじゃないのかな？」

「向いていないのはわかっているよ、自分でも」

「自覚しているのに、どうして諦めないのかな？　しかも、自分が向いてないって今、告白しているわけだし……最初から失敗しまくりでどうしたいの。ボクにはキミの思考回路がまったく理解できないよ！」

ファナは叫んで、慌てて口元を手で押さえ、申し訳なさそうに顔を伏せる。

「あ、ごめんね。キミみたいな弟子の希望者なんて初めて見たから、つい……びっくりしちゃったんだよ。でも、どうしても気になったから……ねえ、なんで?」

かなり言われたい放題だ。

「いや、いや、だって向いてなくても、やってみないと、わからないだろ。やる前から諦めてどうするんだ」

俺の返答に「でも!」と彼女は食いついてくる。

「諦めるもなにも向いてなかったら、終わりだよ。何をやっても無駄なんだよ。だって素質がないんだから。なのにどうして諦めないのかな?」

この子はなぜ、こんなにも食いつくのだろうか。疑問に思いつつ俺は答えた。

「本当になりたいのに諦めるわけないだろ。もし素質が今なくても、まずは始めてみないと未来のことはわからないだろ」

「始まらない? 向いていないのに? だからこそ?」

「そうだよ。素質とかではなくて、まずは始めることが大事なんだ。だから、向いている向いてないは、今はどうでもいいんだ」

「……どうでもいい? 向いていないとわかっているのに?」

ファナの顔が青ざめている。「そんな、ボクのときは……」など意味不明な言葉を虚ろな口調で呟き始めた。様子がおかしい。どうしてしまったのだろうか。

やがて彼女は表情を険しくして顔を上げた。

「やっぱり納得できないかな。素質がないなら、普通は諦めるはずだよ! もうちょっと、ちゃんとお話を聞かせてほしいかな！」

「こら！　何わけのわからんことをワシを放置して言い合っておるんじゃ！」

そこをマスルールが割り込んだ。

「ファナも……お主の気持ちもわからんでもないが……今、話すことではあるまい」

「は、はい、申し訳ありません。我が師よ」

彼の言葉に、しゅんとした表情でファナが答える。

「ファナのことはさておき、隠密者に向いていないことをワシの前で主張して、お主はなにがしたいんじゃ」

そう質問されたので俺はキリリと顔を引き締めて、はっきりと答える。

「あなたの弟子になりたいんです」

「こら！　そういうことを聞いておるのではない！　ワシは、なぜわけのわからないことを言っておるのか聞いておるんじゃ！　どうしてくれよう！」

マスルールが俺を説教している横で他の志願者たちが、こっそりと湖の底から鍵を拾い上げようとしていた。しかしマスルールが、ふぅとため息をついたかと思うと、その足下には湖の底にあったはずの鍵が積み上げられている。

そこで俺は、彼が〝疾風の暗殺者〟だと呼ばれていたことを思い出す。

「す、すごい……」

伝説の暗殺者の技量を見て、俺は思わず唸った。

自分も彼のようになりたい。彼のように、こっそりひっそり、そして迅速に行動できるようになりたい。

鍵を取ろうとして失敗した冒険者たちは、マスルールの目の前に積み上げられた鍵の山を目にして困っている。そんな中、さっき会ったサイフォンだけが鍵を指でクルクルと回している。

どうやら彼は混乱に乗じてマスルールの試練をクリアしたようだ。

サイフォンはどのような方法で鍵を手に入れたのだろう。マスルールはそれに気付いているようだが何も言わなかった。

＊＊＊

その後、俺は次の試練のために森の奥へと進んでいた。傍にはサイフォンがいて、一緒に森の奥へと探索している。

今回の目的は、森で迷子になった子ども捜しだ。

隠密者らしく振る舞うことはもちろんのこと、マスルールから課せられたのはチームプレイで、見知らぬ者と組んでも目的のために協力する姿勢を見たい。それが試練の条件だった。

「……それはそうと、なにゆえ貴様がいる？」

サイフォンが俺の後ろに話しかける。

「べ、別にいいじゃない、迷惑をかけているわけでもないよね？」

ファナだ。ローブを深く被り顔を隠している。

「自分で言うな。大体、貴様、どちらかというと試練を判定する側だろう」

「ふーん、ボクみたいなのが近くにいると、やりにくいのかな？」

彼女は挑発するような視線をサイフォンに向けている。

「そういうわけではないが……」

そんな彼女は、もうサイフォンの言葉を聞いていないようだ。どうしてだか、俺の方を見つめている。

「まだ落ち込んでいるのかな？」

急に話しかけられて「え？」と困惑したが、彼女はそのまま言葉を続ける。

「ほら、さっき我が師から隠密者に向いていないって言われたから。落ち込んでいるように見えたんだけど。違うのかな？」

俺は「べ、別にそういうわけでは！」と誤魔化したが、本当はファナに「諦めない」って啖呵を切ったくせに落ち込んでいた。だけど素直にそれを口にするわけにはいかない。彼女は試験官みたいな存在だから強がるしかない。

しかし、すぐに誤魔化しだとわかってしまったらしく、サイフォンは深くため息をつく。

「……家に帰ったら、どうだ？　申し訳ないが、マスルール殿の言うように、貴様は隠密行動が必要とされる暗殺者には向いていない。もちろん隠密者としてもだ」

「いやいや、まだわからない」

そうムキになって答えたが、言葉に力がないのは自分でもわかった。

「それに……俺には帰る家がない」

そう答えてしまい空気が重たくなり、失言に気付いた俺は慌てて首を横に振った。

「いやいやいや、そういう意味じゃなくてだな！」

この世界の住人でないため、元の世界に帰る手段がないことを言ったのだが、サイフォンは俺の言い訳を別の意味に受け取ったらしく、哀れむような眼差しを向けてきた。

「わけありか。……だが、暗殺者として経験ある者は、皆そんなものだ。なにも貴様一人だけが特別というわけではない」

「い、いや、まあ、そうだけど」

そもそも俺には、暗殺者としての経験自体がないのだけど。

「帰る家がないから、帰る家を作りたいのかな？　そのために頑張っているだけ？」

ファナが口を挟んでくる。

それにしても、なんでこの子は、こんなに俺の事情に首を突っ込んでくるんだ。

「いやいや、頑張るも頑張らないも、単に試練に挑戦しているだけだってば。まだ俺は不合格になったわけじゃないだろ。全部の試練が終わったわけじゃないんだし」

「でも、もう不合格も同然だよね。我が師にあそこまで言われちゃったんだから」

はっきり言われて言葉に詰まる。

どうして、この子はこんなに同じことを蒸し返してくるんだ。もう勘弁してほしい。

狼狽する俺にサイフォンが低い声で尋ねてくる。

「おい、こちらの話も聞け。それよりも、重要なことを確認させろ。……あの湖を蒸発させたのは貴様の力なのか？　マスルール様が貴様に確認していたのを遠くから見ていた。だが……信じられん」

答えないでいるとサイフォンが、むっとしながら言葉を続けた。

「もし、そうなら俺は貴様に対する認識を変えなければならない。早く答えろ」

「いやいや、答えたくないっていうか、こっちにも事情があってだな！　違うって言えばいいのか……？」

「違うのか？」

「う、うん」

そう言ってからファナを見ると怪訝そうな顔をしている。あれは「なぜ隠そうとするのか、わからないなぁ」みたいな表情だ。頼むから下手なことは言わないでほしい。

慌てふためいているとサイフォンが冷たい目を向けて言う。

「そうか、違うのか……」

そこで彼は、素早く鞘から抜きだしたサーベルを俺へと振り下ろした。慌てて俺は籠手でそれを防ぐ。

「急に何をするんだ！」

「……なるほど、武力という意味では、実力があるということか」

そこで彼はサーベルをすぐに鞘に戻す。そして柔和な表情で問いかけてきたが、さっきまで俺に向けられていた刺々しい空気がなくなっている。一体どうしたのだろう。

　彼はどこか落ち着いた声で問いかけてきた。

「今一度確認させろ。貴様、暗殺者としての実績はあるのか？」

「実はないけど」

「なるほど、どうりで私の攻撃を防いだ動きが馬鹿正直なわけか……いずれにせよ実力はあるのだろうが、経験のない貴様には、やはり隠密者は向いているとは思えぬ」

「そのくらい、俺にもわかっている。だけど諦めたくないんだ」

「なにゆえ、そこまで……？　言っておくが、マスルール様は隠密者という言葉を用いているが、必要とされる技量は暗殺者のものそのものだ」

「それはわかっている。でもそれだと、おかしいだろ。だって今回の試練は森で迷子になっている子ども捜しだぞ。暗殺者の技能とは関係ないだろ！」

　そう俺が言うと彼はふむと呻いてから答えた。

「そんなこともわからないとはな。……マスルール様の話から推察すると、あの方が目指すのは技能は同じでも暗殺者とは正反対——人を殺すのではなく人を生かすための存在だ。つまり暗殺者でありながら人を救いたい、それがマスルール様の信念なのだろう。この試練は、そうした隠密者のありようを汲《く》めるかということも見ているのだろうな。いずれにしても暗殺者としての技能は必要ということだ。つまり何の経験もない貴様の力では……」

「だけど……」といつまでも納得できない俺に、ため息をついたサイフォンが言った。

「そもそも貴様はなぜ暗殺者の技能が生まれたのか知っているのか？」

「少しだけ……隣国の暗殺教国ギズラが関わっているということぐらいは……」

「ある程度は知っているっていうことか」

今では無数の暗殺者を抱える暗殺教国ギズラだが、元をたどれば、たった一つの教団から始まった。

この教団は、元々岩とか土を信仰する平和的な組織だったが、ギズラの前身の国がアニュザッサの侵攻を受けたとき、教団がこれに対抗することで暗殺とか過激な行動をとるようになってしまったという。なんとかアニュザッサの侵攻を防いだものの、団員たちは、その国を救った行為を盲信し、信仰のよりどころにするようになり、教団の方針や考え方が変貌してしまった。

――国を救ったはずの行為が信仰を歪めてしまったのだから皮肉な話だ。

今では教団組織自体が国そのものになってしてしまった。さらに信仰心や残虐な行動思念は国として根付いている。つまり一つの教団の過激派が国家という形を作ってしまったということだ。

はじめは対抗手段だった暗殺技術も、ギズラが国として暗殺者の養成を行い、他国に暗殺者を輩出するための暗殺ギルドを設立、運営している状況のようだ。

「たとえば、今回試練に来た鎧を着ている冒険者を思い出せ。戦士のように見えるが、あれは変装だ。彼は変装の名人として有名で、彼の本当の姿は誰も知らない。それでも彼が知られているのは、あの鎧の姿そのものが有名だからだ。

彼の他にも、あの踊り子の女は、どこにでも潜入して男を虜にし、情報を収集することが得意だという。彼女も、あの化粧や衣装が有名なだけで素顔は誰も知らない。おそらく彼らはギズラ出身の暗殺者だろう」

サイフォンは両手を広げながら説明した。

「……つまり隠密者には暗殺者としての特殊な能力が必要とされる。それは、わかりやすい攻撃や派手な演出めいた魔法ではない。誰にも知られることなく、物事を解決に導く力——平穏の中に潜む不穏を、不穏と同じ立ち位置で、誰にも知られることなく取り除く技量。……そんな力が貴様にあるのか？」

「それは……」

「マスルール様は全て持っているぞ。あのお方は素晴らしい暗殺者だ。過去の——誰が殺したかわからない権力者のほとんど、そしていつの間にか盗まれた情報や貴重品、急にいなくなった人質など……全て、あのお方の仕業ではないかと言われている」

サイフォンは遠くの空を見つめながら言葉を続ける。

ファナはそんな俺たちの会話を興味深げに眺めていた。

「私のサーベルを防いだことから貴様に十分な力があることはわかる。だが暗殺者としての経験と才能がないというなら、さっさと勇者ギルドにでも所属して、その力を役立てた方がいいと思うのだがな」

俺は彼の話から出てきた勇者という単語にピクリと反応してしまう。

「い、いや、いやぁ、まあ……まあ、その……それは……」

勇者ギルドというのは民間の警察的な存在だ。警備や事件解決、魔物の討伐などを、国や個人から受けて行う。

名声を得やすくイメージもよいため、比較的なり手が多く、国からの大きな仕事、公共事業なども受けて組織が大きいギルドもある。

以前は、個人経営のギルドが活躍していたが、今では、営業が仕事をとってきてそれをこなすような大規模なギルドも増えてきて、どちらかと言うと「会社」に近い形態を取っているようだ。その一方最近ではブラック企業のように、依頼料だけを受け取って依頼をこなさない悪質な勇者ギルドも増えていて、社会問題にもなっている。

おそらく、かつて魔王を倒した仲間たちも、どこかの勇者ギルドに所属しているだろう。

サイフォンの言うことは厳しいが正しい。

結局、勇者にしかなれないのかと現実を突きつけられ、俺は絶句してしまう。

「……で、どうして諦めないのかな？」

ファナもこの話題を蒸し返したいようだ。

「今、駄目でも未来のことはわからない。始めることが大事だろ」

「我が師から、あれだけ言われたのに」

「言われたから諦めるっていうのも違うと思う」

「そうだけど……ねえ」

彼女は俺の前に回り込むと覗き込むようにして言ってきた。

「はっきり言わせてもらうね。ボクも、この人と意見が同じなんだよ。だってキミは変だもの。普通はできもしないことに時間をかけたりはしないんだよ。無意味だし、他の人にだって迷惑をかけてしまうかもしれないから。……キミは問題ないって顔をしているけど、そんなキミに付き合わされる我が師の身にもなってみなよ。我が師の時間も奪っていることにもなるってわからないかな？」

「……それは……」

口ごもった俺を見て、彼女はフンと鼻息を荒くして言った。

「本当に我が師のことを尊敬しているなら、邪魔はしないよね？　どうして、そんな非常識なことができるのかな？」

「いや、だって、そもそも、その程度で諦めるようなやつをマスルール様は認めたりはしないんじゃないか？」

「そうだけど」

ファナは俺の言葉に呆気にとられたような表情を浮かべて、確かめるようにどこか好奇心の入り交じった双眸で俺の顔を覗き込んでくる。

「つまり、どうあっても絶対に諦めるつもりはないんだ？　どうしてそんなに気持ちが強いのかな？」

「強いっていうのか。ある意味、単に頑固なだけかもしれないけど……」

そう俺が言うと、彼女はどこか寂しげな表情をした。

「……ボクは諦めたのに。キミは違うんだね」

「え？」

「な、何でもない。気にしないで」

そこで彼女は誤魔化すように微笑む。

「気にしないでと言われても。なぜ俺の頑固なところを突っ込むんだ」

「しいていえば、そんな頑固さが気になるからかな？　だから、もう少し、そこら辺をキミとお話してボクは自分の気持ちを整理したいんだけど」

俺は、このまま話を続けても苦々しい感情ばかり生まれてしまうと思い、話題を変えることにした。

「ところでファナさんは、どうしてマスルールさんの弟子になったんだ？」

「今はボクのことよりキミのことを知りたいんだけど？」

即拒絶されてしまい戸惑ってしまう。ファナの外見はかなりのレベルの美少女だ。そんな彼女に微笑まれると胸がドキドキする。

そういえば勇者をしていたときも、仲間の一人が驚くくらいに美少女だった。そのため美少女には慣れていたと思っていたが、実際はそうでもないようだ。今まで生きてきた中でも浮いた話なんて一つもない。ドキドキしてしまうのは仕方がない。

俺は、さらに話題を変えることにした。

「しかし今度の試練が、迷子になった子ども捜しとは……こんな魔物の呼び水があるような森で迷子になったのなら、試練とかではなく、優先して人手を集めて助けに行くべきじゃないか？　それとも、そんなに切羽詰まっていないとか？」

だが、そんな俺の問いに答えたのはファナだった。

「……詳しくは言えないんだけど、ちゃんと理由はあるんだよ。とにかく試練をやれば、その子がやってくると思ったんだけど……」

「なるほど。でも、それらしい子どもは会場にいなかったな」

俺の言葉にファナがコクンと頷く。

「だから今、我が師も一生懸命に捜しているんだ。我が師は、この森で捜すなら暗殺者としての技量も必要だから、試練にするには、ちょうど良いだろうとは言っていたけど……」

隠密者としての特殊能力——暗殺者としての技量が必要とされる状況というのは気になる。この森には刺激してはまずいことでもあるのだろうか。

そのとき、遠くから轟音が鳴り響く。

森がざわめき、沢山の鳥たちが空めがけて羽ばたいた。

「なんだ？　行ってみるぞ！」

そう言って、俺たちが音のした方向に駆けだすと、その先から子どものか細い悲鳴が近づいてきた。

「助けて、怖い！」そう言って幼い少女が俺たちの姿を見つけて、こちらに走ってきたのだ。

「ごめんね、今すぐ助けるから！」

「おい、突っ込むのは危険だぞ！　隠密者らしく立ち回る必要があるんじゃないのか！」

俺が走っていくファナにそう叫ぶと、彼女が振り向いて言った。

「この子が迷子になったのはボクのせいなんだ、だから！」

そしてファナは逃げてきた少女を抱きしめる。

ボクのせい？　なんのことだ？

そう考えていると、少女の後ろから、むっとするような獣臭と不気味なうなり声が聞こえてくる。怖気の走るような気配に、背中がぞわっとした。

「なんだ？　なぜ、魔物が……？　で、でかいぞ！」

魔物がここまで凶暴になるわけがない。人間に襲いかかることもあるが、魔王の支配から離れた今、普段はおとなしく、刺激しない限り自ら襲いかかることは、ないはずだった。

だが目の前にいる二階建ての家くらい巨大な猪のような魔物は、猛々しい角を俺たちに向けて走ってきた。

魔物を倒すのは簡単だが、子どもを護りながらだと不利だ。巨大な魔物は木々をかきわけて、とんでもない速度で襲撃してきている。

俺は、魔物のこんな様子を見たことがあったが、それは魔王が支配していた頃の話だ。だが魔王は俺たちの手で倒したから、魔物がこんなふうに暴れるわけがない。

「ああ、ファナお姉ちゃんが！」

子どもが俺にしがみつきながら魔物の方を指さす。

ファナは少女を置いて魔物へと向かっていってしまったようだ。

「お兄ちゃん！　ファナお姉ちゃんを助けて。私のせい、私のせいなのに！」

少女は大声で泣き喚いている。

「私のせい？」

さっきも聞いた言葉だ。ファナは「ボクのせい」と言っていたが。

「私があの魔物の仔《こ》、逃がしたの！　ファナお姉ちゃんが殺そうとしていたのに、可哀相だって思ったから。でも、あの仔《こ》、可愛がっていたのに急に怖い感じになって、大きくなって……私、試練の話を聞いたから……だから、他の人たちの迷惑になる前に何とかしようと思って……」

涙で顔をグチャグチャにしながら言葉を続ける。

「お願い。ファナお姉ちゃんを助けて！」

「わかった。任せてくれ」

そう俺は少女に言葉をかけた。

巨大な魔物はファナを追いかけて方向転換したようだ。

彼女は少女を逃がすために囮になったのか、それとも魔物を殺そうとしているのだろうか、どちらにせよ魔物を倒せば問題ない。

俺は、少女をサイフォンに任せて魔物に立ち向かおうとしたが、彼に腕を掴まれて引き留められる。

「おい、これも試練のうちだ！　冷静になれ！　おそらく一人の力では、あの魔物を倒せないだろう、ならばここは真正面から倒しにいくのではなく、少女の保護を優先した上で、いったん退却して……」

俺は腕を振り払い、少女を脇に抱えた。「え？」と戸惑う少女に「大丈夫だ」と頭を撫でてサイフォンに向き直る。

「おい！」と困惑するサイフォンに向かって笑った。

「大丈夫だ、二つとも同時に叶えればいいんだろう。少女を護りつつ、魔物を倒す。そしてお・姉・ちゃ・んも助ける」

「それじゃ三つだよ、お兄ちゃん！」

子どもの突っ込みに俺は苦々しい顔して笑ってしまった。たしかに三つだ。

「いや、だから、まてまて、何しに来たんだ、貴様！　マスルール様の弟子になりたいんじゃなかったのか？　それなら隠密者として任務遂行を優先するべきだろうが！」

「いやいやいや、そういうのも含めて全部、何とかしてみせる。だからこそ全て叶えて達成してみせたときに、光輝く者になるんだろう。そういう者に、俺はなりたいからな」

「……なんだって？」

サイフォンは目を見開いて、俺の言葉に怪訝な顔をする。

多分、俺の力ならば魔物の動きを止めることはたやすい。

サイフォンを背にして俺は、遠くに見えた魔物に指先を向け、魔物の傍に熱風を生じさせる。

急に顔に当たった熱に驚いたのか魔物の足が止まり、うめき声を上げながら無様に地団駄を踏むようにもがいていた。

俺は少女を抱えたまま魔物に近づいた。

さて、どうしたものかと迷っていると、暴れている魔物の背中から声がした。

「来ちゃったんだ？　……って、どうして女の子も一緒にいるのかな、キミ！」

「え？」

「え、じゃないってば。早く女の子を安全な場所に連れて行ってよ！」

「目のつくところにいてくれた方が安全だと思ったんだ」

「はあ？　何を言っているのか、わからないかな！　試練の相手がいたよね？　その人に預けてきてよ！」

とてつもなくファナが怒っている。どうにか宥めなければいけないと思ったが、どう言葉を選べばいいのか、わからないため正直に本音を口にする。

「いや、だから自分の目の届く範囲にいた方が、ていうか、俺の傍にいてくれた方が、何があっても、何とかなると思って……」

「やっぱり、わけがわからないし！　何のための試練なのかな？　一緒に組んだ相手とも協力しなきゃ駄目だよ！」

「そうかもしれないけれど、一番効率が良くて成功率の高い方法がこれだと思って……」

「え？　それで女の子を脇に抱えて魔物と真正面から対峙しているってわけ？　そんな意味不明なことしているから隠密者に向いていないんじゃない！」

憤慨だと唇を尖らせたファナは、懐からナイフを取り出した。ナイフの刃先は毒々しく紫色に塗られていた。

「もう、君と会話していても、らちがあかない！」

そう言いながら彼女はナイフを魔物の頭に突き刺す。だが魔物は変わらず暴れ回っている。

動転した彼女は振り落とされないように掴まりながら口を動かしていた。

「嘘、即効性なのに毒が効かない？　この魔物に耐性はないはずなのに！」

遠くから唇の動きを読んだだけだが、どうやら、そう言っているように見える。

危機的状況だった。

魔物の内臓の一部を熱で溶かすくらいなら、外から見ても何をしたかわからないだろう。

俺は指先に力を込め、意識を集中させる。そして暴れ回る魔物の中身へと意識を移した。

すると、その意識に呼応するかのように、魔物の体内で熱が生じて内臓が溶けていく。魔物の動きがピタリと止まった。

どうやら攻撃がうまくいったのか魔物はおとなしくなったが、頭をガクンと急に落としたせいで、ファナが空中に放り出されてしまった。

俺は少女を下ろすと同時に、足に力を込めて空へと跳躍する。

落下するファナを抱きかかえて、そのまま彼女に負担を与えないように気をつけながら着地した。尋常ではない身体能力も勇者として経験を積んだ成果だった。

「わあ」

ドスンと倒れた魔物を眺めながらファナは、間抜けな声を出した。

抱きかかえられたまま、俺に顔を向けて、自分がどうしてこうなったのかわからないような顔をして、目をパチパチした。

「大丈夫か？」

彼女に呼びかけるとファナは、頬を赤く染めて俺から顔を背けた。

「大丈夫だけど、その……」

言いづらそうにしながら言葉を続ける。

「あ、あの……。なぜ、ボクを助けてくれたのかな？　ボクを助けても意味がないよね？」

「え？　当たり前だろ」

「当たり前って……キミの目的は隠密者として任務をこなして試練を乗り越えることだよ！　ボクを助けることじゃないし！　大体、隠密者は、ひっそりこっそり隠密して自分の正体がばれないように仲間と協力して、依頼を達成する必要があるんだよ。こんな目立つようなことをしちゃ駄目なんだから！」

怒られてしまった。俺は困り果てながら言う。

「いやいやいや、意味がないかは決めつけちゃ駄目だろ。それにこうやってファナさんを助け出したことは意味があることだろ」

「で、でも隠密者として……わ、我が師の弟子になりたいんじゃないのかな！　そうやって屁理屈こねて変だよ！　おかしいよ！　だから隠密者には向いていないんだよ！」

「屁理屈だとか言われても……向いているか、向いていないかも、今がそうなだけで、だから未来はわからないだろ」

　そう困ったように言いつつ俺は彼女を地面に下ろした。傍にいた少女が「ファナお姉ちゃん！」と言いながら彼女に抱きついた。彼女は安堵したような表情を浮かべ、そんな二人を見て俺も安心した。

　少女は涙を流しながらファナのお腹に顔を埋めている。

「ごめんなさい、私が魔物を助けたから。悪い仔《こ》じゃないと思ってしまったから。それでお姉ちゃんに迷惑をかけてしまって……！」

「大丈夫。キミは悪くないよ。お姉ちゃんの方こそ、ごめんね」

　そう言う彼女の眼差しは優しげだった。

「しかし、どうして魔物を逃がしてしまったんだ？　少女に頼まれたからといって、ファナさんは、そんな甘いことをするように見えないが」

　そう俺が問いかけるとファナは意味ありげに少女を抱きしめて見つめた。

「……それは、私が……」

　少女は戸惑っている。代わりにファナが口を開いた。

「キミには覚えがないかな？　一人でいるのが嫌で、誰かと一緒にいたいこと」

「もちろん、あるさ」
・・・・・その気持ちこそ、俺の源だ。
誰にでも心のよりどころがほしいときがある。

俺が暗殺者に憧れて隠密者を目指そうと思った理由に根付いている感情だ。

昔、魔物に襲われたときに暗殺者に助けられたことがあった。

そのとき、怖くて寂しくて、誰かに助けられたあとも、ずっと誰かと一緒にいたいと思った。

俺を助けてくれた暗殺者は俺の傍にいてくれた。

誰かに救いを求める気持ちに覚えがあるからこそ、誰かにそれを与えたいと思った。

――だから、自分を信じて

その温かい気持ちこそが、誰かのためになるんだって。

「うん、だからボクだって……あるんだ」

だからこそ、そう言うファナさんの気持ちに共感した。

彼女は言葉を続ける。

「……魔王との戦いで、大勢の人間たちが亡くなった。そう、この子も両親を失ったの。魔王がいなくなって魔物もおとなしくなっていたから、この子に懐いている魔物は大丈夫かもと思ってしまったんだよ。でも大丈夫じゃなかったんだ。……魔王が倒されてから魔物が暴れるなんて、今までなかったけど、結果として今回のことはボクが原因だから……」

「いやいや、そんなふうに自分を責める必要はないだろ。ファナさんは少女を助けようと頑張って、ちゃんと助けられたんだ。それだけでいいと思うけど」

俺がそう言うとファナは考え込むような様子を見せた。

「……そうだね。ボクも、この子も無事だったんだもんね。もしかして、あの魔物はキミが倒してくれたのかな？　よくわからなかったけど、急に弱ったように見えたから。何か特別な力でも使ったのかな？」

「え、ええと……」

どう答えようか。俺の正体がバレるわけにはいかない。だが試練を考えると俺の成果だと言った方がいいのかもしれない。どうするべきか。下手に動いて正体がバレた上に試練も失敗になってしまうのは最悪だ。

口ごもっていると彼女はフンと鼻息を洩らした。

「キミじゃないなら、別の冒険者のおかげなのかな。どちらにせよその人には、後でお礼を言わないとね」

そんな彼女の声を聞きつつ俺は倒した魔物を眺めた。

倒れている魔物を後から来た他の冒険者たちが切り刻んでいく。既に死んでいるのだが、外からだと、それはわからないからだろう。

凶暴化した魔物が最後のあがきとして暴れ回ることも多いため、念のためにトドメをさしているのかもしれない。

　この様子だと俺が魔物を倒したことは誰もわからないだろう。これで良かったのかもしれない。少女とファナが助かったのだから。俺は声を弾ませて独り言のように言った。

「うん、結果的にはうまくいったわけだから、マスルール様に認められるかもしれないしな！」

「無理だと思うけど」

　はっきりファナに言われてしまい、俺はがっくりと肩を落とした。

「まだわからないし、結果は言われてないし！　そうやって決めつけるの、よくないって！」

「確かにキミはボクと子どもを助けたけど、魔物を倒したわけでもないし、隠密者らしく行動したわけではないし、協力して任務にあたったわけでもないんじゃないかな？　そこはちゃんと自覚した方がいいと思うよ」

「それは……いや、いやいや、でも！」

　そこまで俺が言うとファナは少女から身を離して俺へと近づいてきた。

　のぞき込むようにして顔を近づけてくる。

「ねえ、改めて聞くけど、どうして諦めないの？　だって適性がないのに。……ううう、もう、やだ！　こんなことで悩みたくない。キミのことが気になって仕方がなくて苦しいんだよ！　お願いだから、ちゃんと教えて。ボクはキミの気持ちが知りたい。どうして一生懸命に頑張ろうとするのかな。叶えられない夢かもしれないのに！　無駄かもしれないのに！」

　どうにも、しつこく食いついてくる。そんな彼女を怪訝に思いながらも首を捻った。普通に答えただけでは納得してくれそうにない。

もしかしたら俺が隠密者になりたい理由を具体的に伝えれば、わかってくれるのかもしれないが、あの出来事は、今の俺を支える軸のようなものだ。

先ほども思い返した記憶――そう、俺が昔、暗殺者に助けられたときの気持ちだ。

でも会ったばかりの、あまり親しくない相手に話すのは躊躇う。ならば彼女の行動にたとえたら、わかってくれるかもしれない。

そう思った俺は彼女を真っ直ぐに見据えながら言った。

「ファナさんだって、さっきの魔物のこと……失敗しても、それを取り返そうとして少女を助けようとしていただろ。自分の身を危険にさらすかもしれないのに。それはどうしてだ？」

「だって、それは助けたかったから……」

「そう、そこに強い気持ちがあったからだろ。何が何でも、なしとげたいという想いが、目的に向かって突き進みたいという気持ちがあったから。ファナさんの中にもある想い、それを俺も持っているだけなんだ。

当たり前のことだよ。当たり前のように、やりたいことに向かって、行動したいだけだ。後悔したくないから、できることを全力でしたいんだ。誰でも持っている当たり前の気持ちだ」

俺の言葉にファナはキョトンとしたような顔をした。

「……」

そうして彼女は、ふっと表情を和らげる。

「当たり前のこと」と、そう俺の言葉を噛みしめるかのように口の中で繰り返していた。

「当たり前のこと……私の中にもあるのかな……？」

「うん、ある。だからこうして言っているんだ。だってファナさんは実際に少女を助けようとしたじゃないか。俺は、あんな危険な魔物を相手にしても、迷わずに少女を助け出そうとしたファナさんを眩しいと思ったよ。うん、尊敬するよ」

「え？　尊敬……？　ああ、そういうことなのかも」

ファナさんは手の甲で目をこすった。そして俺の顔を真っ直ぐに見据えて告げた。

「私の中にある、この熱は、キミを尊いと思う感情なんだね」

「――え？　ん？」

ちょっとよくわからないことを言われて俺は戸惑ってしまう。

構わず彼女は早口で言葉を続ける。

「気付いてしまえば、とても温かくて心地よい気持ちだね。うん、教えてくれて、ありがとう。ようやくスッキリしたかも」

俺の言葉に頬を染めながら、喜びに満たされた双眸で、そんなふうに言われると、何だか恥ずかしくなってしまう。傍にいた少女も戸惑っているようだ。

俺は居たたまれなくなってファナに別の話題を振る。

「でも、どうして魔物が凶暴化したんだろうな。だって魔王を倒したから、魔物は動物みたいになったはずじゃ……」

「わからない。それはボクも気になっているんだ」

ファナは腕を組んで首を捻っている。彼女にも理由はわからないようだ。

俺はもう一度、凶暴化した魔物のことを思い返す。

「いやいや、あれは凶暴化したわけじゃないのか？　あれは……」

そう、さっきも思ったが、魔王に支配されている状態の魔物に酷似していた。

「もしかして元の状態に戻っただけなのか？」

魔王の支配下にいるのが魔物にとって自然な状態だ。それならば魔王が復活してしまったということなのだろうか。

「え？」とファナは素早く顔を上げて、こちらを見てくる。まずい。失言してしまったのかもしれない。

「いやあ」と誤魔化しながら明後日の方向を見ていると、複数の足音が近づいてきた。

「やれやれ、非常事態が多く戸惑ってしまったが……」

マスルールが呆れ果てた顔で、森の茂みから現れた。彼の後ろにはサイフォンがいる。

「子どもが見つかったことはよかったが、隠密者として冷静に状況を見る者がもっといるかと思ったのじゃが……唯一ましだったのは、自分一人ではどうにもならないと判断して、すぐにワシを呼びに来たお主くらいなもんじゃな」

「そのように評価していただけて感謝致します」

サイフォンが静かに言った。

「今回の試練はサイフォンだけを弟子として認める。これにて試練は終わりじゃ！」

志願者たちを目の前にして「さあ、解散、解散」とマスルールは片手で振り払うような仕草をした。

冒険者たちは何がなんだかわからないといった様子だったが、マスルールのそれ以上何も言おうとしない様子を見て諦めて、気落ちした顔や悪態をつきながら立ち去っていく。

一人取り残された俺はマスルールを見つめながら、その場に膝をついた。

そうか、俺は駄目だったのか。やはり落ちてしまったのか。

近づいてくる気配を感じたので顔を上げると、そこにはマスルールがいた。やれやれというような呆れかえった表情だ。

そんな彼に俺は問いかけた。

「ええと……それで……次回の試練はいつですか？」

「お主、そうくるか……うーむ」

マスルールは顎を撫でながら困ったような顔をした。そして問いかける。

「お主、まさか合格するまで延々と挑戦し続ける気か」

「はい！」

「だが、お主に隠密者としての才能は微塵も感じられん。正直、ワシの弟子になったところで見込みはない」

「わかっています。でも何事もやってみないとわからないのでは。たとえ今、見込みがないとしても、それでも！」

「しつこい奴じゃの。やる前から、わかることもある。ワシくらいになれば、見ただけで隠密者の適正がある程度はわかる。お主では、ワシの技を身につけることはできんじゃろう。何もできないのなら、最初から、やらん方がええこともある」

「でも俺は、どうしてもあなたの弟子になりたいんです！」

そう俺が言い切るとマスルールは深くため息をついた。

「なかなか、しつこいのう」

「我が師、多分、彼は諦めないと思いますよ」

「お主も、そう思うか」

話しかけてきたファナを一瞥したマスルールは、もう一度、何かを確かめるかのように俺の顔をじっと見つめてきた。

「……一つ尋ねよう。お主、なぜファナを助けた？」

突然、別のことを質問されて頭を切り換えられなかった俺は、そのまま思ったことを口にしてしまう。

「い、いやいやいや、だって助けるでしょう、普通。もちろん少女に助けてとお願いされたのもありますが、あのまま放置するのはありえないし」

「そういうのは嬉しいけど、でも、少女も一緒に連れてきたのは減点かな！」

ファナが俺の答えを聞いて苛立った口調で返してくる。

「……ううむ、ならば、なぜ少女も一緒に連れてきた？」

「え？　そ、それは……近くにいた方がいざというときに少女を守れると思ったのもあるけど……ファナさんも一緒に助けることもできるから。場をしのぐ方法としては確実かな、と思いましたので」

「つまり、二人とも間違いなく助けられると思ったわけじゃな」

そこまで言った彼は深く頷いた。

「正直、ワシは正義感しかない馬鹿は嫌いじゃ。お主がただそれだけの男なら問答無用で切り捨てようと思ったが、お主は人を救いたい気持ちと、それに伴う実力はあるようじゃな……ふむ、じゃあ、お主は弟子ではなく、弟子見習いにでもするか。……ぶっちゃけ、試練のたびにお主の顔を見るのも面倒じゃからの」

その言葉に俺は頬を弛ませる。素早く立ち上がり、頭を下げて声を上げた。

「ありがとうございます」

「いや、礼を言われるほどのもんじゃない。ワシがお主を認めていないのは変わっておらん。今は、ただ付きまとうことを許しただけじゃ。お主の行動によってはすぐに切り捨てる」

ひどい言われようだが、俺には嬉しかった。

尊敬する人物の傍にいられるだけでも、何かを学べるきっかけになるかもしれない。

そんなふうに喜んでいる俺にファナが近づいてきた。

彼女はニコリと微笑むと、ゆっくりと顔を近づけてくる。困惑している俺の頬を、さらりと撫でてきた。

びくりと飛び退くとファナは、自分の唇を指で触れて、くすりと笑う。まるで俺の反応を楽しんでいるかのようだった。

「ちょ、ちょっと、どういうことなんだよ！」

「どうって……さっきも話したよね。ボク、キミのこと、気に入っちゃったんだ。今のはボクなりの敬愛の情かな。びっくりさせちゃって、ごめんね」

小さく舌を出しながら彼女が俺に笑いかけてくる。

「我が師の了承を得たようだし、これから、ずっと傍にいられるんだね。あのね、ボクはキミの姿勢に好意を持っちゃったんだ。これは……精神的な意味での……」

恥ずかしそうにモジモジしながら彼女は言葉を続けた。

「ボクの二番目の導き手になっててね、お願いね」

なんだ、それは。

呆然としている俺の手を彼女はぎゅっと握りしめてくる。

「よろしくね、サスケ様」

物語の中から出てきた可憐なお姫様のような、とんでもない美少女に甘い声で、囁くようにそう言われると、鼓動が喧しく高鳴ってしまう。

いや、俺は騙されない。心を強く持つ必要がある。

わけのわからないことを言って彼女は、俺が誘惑に耐えられるか試しているのかもしれない。

暗殺者は妖艶な房中術で相手を誑かして殺すこともあるという。彼女も、その類なのかもしれない。とは言え、そんなことをされる理由に思い当たる節はないので、単にからかって遊んでいるのかもしれないが……。しれない、ばかりのことを考えてしまうくらい、とにかく混乱していた。

だが、そんな俺の混乱もサイフォンの声によって我に返る。

「マスルール殿、あれを……！」

サイフォンの指差した先で、死んだ魔物が黒い塵となって消えていくのが見えた。魔物の倒れた地面に禍々しい紋様が刻み込まれるように現れた。

「うっわ、なんだ、これ」

思わず、そう叫んでしまう。

だが、どこかで見たことがあるような紋様をまじまじと確認していると、傍にきたファナが俺に腕を絡ませながら言ってくる。

「見ているだけで気持ちが悪くなってしまうような紋様だね」

「これが魔物を凶暴化させた原因なのかのう？　どうにも、よくわからん」

マスルールも首を捻って不思議そうな顔をしている。

「サスケ様、何か知っていそうだったよね。心当たりあるのかな？」

そうファナに問いかけられて俺は、驚いて首を素早く横に振った。

「いやいやいや、ないない、なんのことかな。ないない、なーい！」

慌てて否定する。

勇者のころの情報を少しでも話すと正体がバレてしまう。それはまずい。

せっかくマスルールの弟子見習いになれたのに、弟子見習いもなかったことにされるかもしれない。それだけは嫌だった。

「原因がわからんにせよ、警戒した方がええじゃろ」

「ならば近くの村や町に声をかけましょう。魔物の住まう場所には近づかないように警告しなければ。もし万が一、魔物の襲撃があった場合に備えて、勇者ギルドたちにも依頼した方がよいとも提案しましょう」

サイフォンの言葉にマスルールが大きく頷く。

「それならば勇者ギルドたちに紋様のことを報告した方がよいじゃろうて。今のあそこはゴタゴタしておるようじゃから、どうなるかわからんが……やらないよりはマシじゃろうて」

そう言いながら彼が俺の方を見てくる。なぜそこで俺に視線を向けてくるんだ。

「わかりました、任せてください」

サイフォンの言葉にマスルールが目を閉じて満足そうに笑った。

俺は、こっそりファナの腕をはがしながら、いつまでも不気味な紋様を眺め続けた。

第二章　会いたくもない昔の同僚に挨拶を

弟子見習いとなった俺は、マスルールの隠密者ギルドの拠点に住むことになった。

隠密者ギルドといってもマスルールが自称しているだけで、マスルールとファナ、そして俺とサイフォンしか存在しない。

マスルールは有名な暗殺者だったが、出身国である暗殺教国ギズラの教えに疑いをもって亡命し、隠密者という職業を作り、弟子と称して仲間を集めているようだ。

与えられたのは狭くて埃臭い部屋だったが、宿なしの俺にとっては家賃を気にせず一人で暮らせるので、とても天国だ。
・・・・・・・・・・・・・・・・・・そう、こんなとんでもない状況にさえならなければ。
「サスケ様、寝ているときも仮面を被っているんだね、どうしてかな？」

「だぁぁ――――――！　なぜ、一緒のベッドに入り込んでいるんだ！」

飛び起きた俺は厚い毛布をはぎとった。そこには、作務衣のような薄い衣服を着て、腕や太ももをさらけ出している、ファナのあられもない姿があった。

彼女は眠たそうに目をこすりながら、再度、俺に問いかけてくる。

「……仮面をつけているの、どうしてかな？」

「いやいやいや、その前に俺の質問に答えてくれ。なぜ、ここに。いつ入り込んだ？」

「うんと、数時間前かな？　一応、サスケ様は隠密者弟子見習いなわけだから、さすがにボクの気配にすぐに気付くと思ったんだけど、さっぱり気付く様子もなくて、スヤスヤスヤスヤぐっすり寝ているんだもん。そうなってくるとボクも眠たくなっちゃって……」

にこりと無邪気に微笑んでくる。

「つい寝ちゃったのかも」

「つい、じゃない。それと頼むから、ちょいちょい、俺をディスるのはやめてほしい。傷ついてしまう」

「ディス？」

「ああ、ええと、俺は隠密者の才能がないことを十分に自覚しているから、そこをチクチク刺激しないでくれ！」

そう俺が懇願するとファナが不思議そうに首を傾げる。

「そんなふうに思わなくても大丈夫なのに。だってサスケ様の評価された部分は別のことだよね？　どちらかというと、隠密者の根底にある、誰かを全力で助けたい、そのためには諦めない、そうした姿勢だと思うけど？　……むぅ、もしかしたら我が師が単に面倒臭がっただけかもしれないけど？」

「ええ、まあ、そうなんだけど、そうなのか？　いや、そうじゃないというか。……ああ、もう、とにかく何で、お前がここにいるんだ？」

俺は立ち上がり、彼女から離れる。

寝台の上で、ファナは長い髪をかきあげながら言った。

「なんでって。好きな人の傍にずっといたいと思う気持ちは、そんなにわかりにくいかな？」

「い、いやいやいや。わかりにくいとか、それ以前の問題で……す、好きな……ああ、何でもない、いや、ある、す、好きな人って部分が気になるっていうか……」

年頃の少女が健全な男の寝台に潜り込むと大変なことになる。

俺がぐっすり眠りこけていたから結果的に安全だったものの、危険な思考の持ち主だったら、どうするつもりだったのだ。

「ああ、大丈夫。そっちの好きじゃないから」

だが、俺の言葉を察したファナは、わりと傷つくようなことを告げてくる。

「そういう肉欲と直結しているように思われるのは、ボクも嫌だし、サスケ様も迷惑だよね？」

そう言った彼女の双眸は生き生きと輝いている。胸の前で手を組んだ彼女は、うっとりとした声で言葉を続けた。

「これはもっと透明で澄みきった、キラキラと輝く尊敬の念……触れたら壊れてしまいそうで、それでいて永遠の愛にも似た、そうまるでふわーっと広がる大空のような……そう、尊い、しんどい、ありがたい、尊い……」

片頬を手で押さえながら陶酔しきった表情を向けてくる。

「うん、つまりボクはキミに、そういう好きを持っているの！」

「ど、どうして、そんなことに」

「どうしても、こうしても、キミは我が師の弟子になることを、どんな状況でも、誰に何を言われても諦めなかったよね。その姿勢、誠意にボクは尊さを感じたんだよ」

「は、はあ」

普通は、可愛い女の子にそんなふうに言われたら悪い気はしないはずなのに、どうしてドン引きしてしまうのだろうか。

「とりあえず、そういう好きならベッドに潜り込むのは、やめような。ファナさんの気持ちは十分にわかったから」

「うん！」

なぜ、そこで顔を輝かせるのだろうか。意味がわからない。俺の言葉は、どちらかと言うと彼女の想いを拒絶するようなものなのだが。だから、つい尋ねてしまった。

「ええと……なんで、そんな嬉しそうなんだ？」

「だってサスケ様を好きっていう気持ちは受け入れてもらえたわけだから。それで十分なんだよ！」

弾んだ声で、そう告げられてしまうと、もうそれ以上は何も言えない。可愛い子なのに残念すぎる。

「じゃあ、今日も頑張ろうね、サスケ様。一緒に立派な隠密者を目指そう？」

「ああ、うん」

とりあえず早く俺の寝台から出て行ってほしい。そう困って俺は「まだ、何か？」と尋ねてしまう。

「――うん、ボクの方の質問にも答えてほしいなって？　どうして寝ているときも仮面を被ったままなの？　変じゃない？」

まだ気にしていたのか。誤魔化すことができたと思っていたのだが。

「いやいやいや、それはいろいろ複雑な事情があってだな。まさか俺が寝ている間に勝手に仮面外したとか？」

「ううん、外してないよ。実は外そうかとも思ったんだけど」

「そうか、よかった！　安心した。……ええと、実は俺の顔には醜い傷があって、ちょっとトラウマなんだよ。だから寝ている間も仮面を被っているわけで。気にしないでくれ」

そういうことにした方が、この先、動きやすい。嘘なので心苦しいが、ここは勘弁してもらいたい。

ファナは「ふぅん」と小さく頷いたが、別に疑ってはいないようだ。

そこへ扉を叩く音がした。見るとサイフォンが扉を開けて不審げな眼差しをこちらに向けている。

「おわっ、サイフォン！」

「我が師が呼んでいる」

淡々としながら無表情でそう言うサイフォンが怖い。

「あ、ああ、すぐいく！」

ファナのことが気になり彼女に視線を向けると、サイフォンは「ファナさんも一緒に我が師が呼んでおります」と告げてきた。

ファナは表情を引き締めると、すっくと立ち上がって「わかりました」と頷き、部屋から出て行った。

「……」

サイフォンは、俺とファナを交互に眺めている。

かなり目が恐ろしい。当たり前だ。弟子見習いの俺が、美少女に特別扱いされているのだ。隠密者を甘く見ていると思われても不思議ではない。

だからといって下手な言い訳をすると、余計状況が複雑化してしまうかもしれない。心苦しいが、ここは何も言わない方がいいだろう。

そう考え、無言で部屋を出て行こうとする俺をサイフォンが呼び止めた。

「少し聞きたいことがある」

「……えっ、あ、ファナさんのことか？」

そう俺が彼に首を向けると彼は少しだけ不思議そうな顔をして告げた。

「いいや、貴様の力についてだ」

「え、えっと、俺は話したくないな」

そう答えると彼の表情が険しくなる。

「なにゆえ？　……私に嘘をついているからか？」

「嘘だって？」

「試験のときに湖水を蒸発させたのは、やはり貴様の仕業だろう。違うか？」

「いやいやいや、それは……」

「まあ、たしかに今となってはどうでもいい。今、こうして貴様の傍で、じっくり真偽を確認することができるのだからな。それで、貴様の力は一体なんなのだと問いかけたい」

「俺の力？　ってなんのことかな？　そんなことを急に言われても俺にはわからないし、自分の弱みをさらすようで、ちょっと……」

「別に貴様の弱みを暴きたいわけではない、勘違いするな。私が聞きたいのは、あれだけの力を持ちながら、なぜ、我が師の弟子になりたいかということだ。あまりに不自然で、矛盾に満ちた行為だからな」

真顔で尋ねられて俺は思わず動揺してしまい、慌てふためきながら答えてしまう。

「俺が弟子になりたかった理由？　ちょっと恥ずかしいので具体的には言えないが。う、うん、たとえば、すごく太陽のように憧れるものがあったら追いかけたくなるだろう。どう足掻いても届かないものだと、わかっていても、眩しいものに手を伸ばしたい気持ちにならないか？」

本当に隠すような話じゃないし、知れば、頑なに隠さなくても、恥ずかしがらなくてもいいのではと思うだろう。だが、俺にとっては大切で、たとえると真綿で包んで大事にしまっておきたい気持ちなのだ。

「貴様にとって、マスルール様が憧れる存在だと？」

「マスルール様でなくて、暗殺者になんだけど……ま、まあ。あんまり深く突っ込まないでくれないかな。今はまだ言いたくないんだ」

そこで俺は誤魔化すように彼に言った。

「そうか、あえて今は言いたくないと、なるほど。……時間をおけば教えてくれるということか？」

「いや、別にそういうわけじゃなくてだな……」

「……ふん、まぁいい。時間なら、たっぷりある。この続きは、またの機会としようか」

そうして彼は低い声で言葉を付け足してくる。

「――いつか、貴様と時間を作って、じっくり伺おう」

「は、はあ」

部屋を出て行く俺の背中を彼の視線がずっと絡みつくように向けられていた。

＊＊＊

「村で魔物退治してこい、お主たち」

「――は？」

拠点の一室に集められた俺たちは、マスルールからそう告げられた。

ここは応接室のような場所なのだろう。俺とサイフォン、ファナの三人は、高価そうなソファに座るマスルールから話を聞いている。

「いきなり、どういうことですか？」

そう俺が問いかけるとサイフォンもあとに続く。

「我々は隠密者ですよ。魔物を退治するなら勇者ギルドの方が適任では？」

不思議そうにする俺たちにファナが口を挟んだ。

「隠密者だからこそ、こういう仕事をする必要があるんです」

マスルールの前だからか、彼女は丁寧な言葉で俺たちに話しかけている。

「改めて説明しますが、皆様。我が師は隠密者の存在感を増やしたいわけなんです」

そこで彼女はしまったと口に手を当てて、ブンブンと首を横に振って言葉を続けた。

「あ、でも勘違いしないでくださいね。別に隠密者自体を有名にしたいわけじゃないんです！　隠密者が人を助ける存在だから誰でも頼っていいんですよ。私たちも皆さんの力になりたいですよという気持ちを多くの人に知ってもらいたいんです」

彼女は両手を広げて俺たちを説得を続ける。

「我が師には悪いですが、隠密者の存在自体がまだ全然知られていないわけでして……」

ため息をつきながらファナはマスルールを一瞥した。

「というか、隠密者って我が師の考えた新しい職業だし、そもそも、ここにいるボクたちしかいませんから、存在感が空気なのも当たり前なんですけどね」

ファナは苦笑しながらも、拳を胸の前でぎゅっと握りしめて言葉を続ける。

「でも、その当たり前を当たり前じゃない、誰からも気軽に頼られるような存在になりたいというのが我が師の願いであり、ボクの願いでもあるわけです。ですから、まずは、その一歩を頑張りましょう？」

キラキラと輝くような瞳で俺たちに話しかけてくる。

「誰もが頼りにしたいと思えるような存在になるように！　魔物退治は、その一歩ですよ！」

たしかに彼女の言う通り、隠密者なんて職業は聞いたことがない。だけど、誰かのために役に立ちたいって信念は理解できるし、協力するべきだと思った。

「ちなみに勇者ギルドはどうしているのですか？　こういった依頼は彼らの仕事でしょうに。先日の魔物が凶暴化した件についても、彼らに報告したはずですが」

「もちろん彼らにも依頼がいっちょる。じゃが、それでもワシらに依頼が来たんじゃ。この依頼が昔からのツテからのもんじゃけえ、ワシも無碍《むげ》にはできん」

「そうですか。勇者ギルドたちに何が起きているのでしょうか。依頼がこちらに来たことを考えると嫌な予感がしますね」

サイフォンの言葉にマスルールも嘆息混じりに重く頷いた。

たしかに。勇者ギルドに依頼している話がこちらにも来たこともそうだし、そもそもこの依頼自体が、暗殺教国ギズラにいた頃のマスルールのツテからなら、きな臭いことこの上ない。

「まあ、いろいろあるかもしれないけど頑張ろうね、サスケ様！」

ファナは俺の懸念とは裏腹に無邪気に喜んでいる。そうやって弾んだ声を出すファナの隣でマスルールが釘を刺してくる。

「こら、やる気を出すのは構わんが、間違えるなよ、お主は弟子未満の見習いじゃ……ワシは、お主を認めたわけじゃないからな」

　苦々しい顔で腕を組んだ彼は言葉を続けた。

「そもそも、お主は隠密者として未熟どころじゃない。もはや才能の片鱗すら感じられないくらい駄目駄目じゃ。だが……」

　呆れたように言いながらもマスルールはソファから立ち上がった。

「それでも人のことを思い、向こう水に突っ走るところは悪くはない。今回の依頼でも、自分の良いところを引き出しつつ励め。……それから今回はワシもついて行くつもりじゃ」

　彼は傍に置いてあった鞄から、地図や依頼者からの手紙などの資料を机の上に置きはじめる。

「とにかく働くのじゃ」

「わかりました。頑張ります」

　そう答えながら頭を下げると、マスルールは不思議そうな目でこちらを見てくる。どうにも奇妙な表情をしてくるものだと思っていると、視線は俺の隣に向けられたものだった。

「……」

　サイフォンだ。険しい顔つきで俺を睨みつけてきている。

　なんだ、あいつはもの凄い目で俺を見てくるんだが。やはり俺自身が気にくわないのか。当たり前か。なにせ今朝はファナがベッドに入り込んでいるのを見られてしまった。

　何も間違いは起こらなかったし、俺が連れ込んだわけではないが、そんな事情、サイフォンは知ったことではない。それに随分と俺の力にもこだわっている様子だった。

才能がないし、未熟すぎることこの上ない。俺は弟子見習いとしてここにいるが、本来なら選ばれるはずのない人間だ。

だからこそマスルールから助言されているのが気にくわないだろう。この重たい空気をどうにかしたいが、俺にはどうすることもできなかった。

＊＊＊

数日後、依頼の村に辿り着いた俺は、早速、魔物の手厚い歓迎を受けていた。

巨大な猪やトカゲに似た魔物たちは、群れをなして俺たちに襲いかかってくる。

口から涎を垂れ流して、むっとするような獣臭をまき散らしていた。血と泥で汚れた身体からはおぞましさを感じさせる。

俺は熱風を起こしながら相手を木々や地面に叩きつけて気絶させていく。

派手な爆発を起こすと正体がバレてしまいかねないため、なるべく地味に、それでいて自分がやっているのだとわかるように調整しながら、次々と魔物を倒す。

「ああ、サスケ様、素敵！　あっという間！　すごい！　一瞬！　かっこいい！」

隣でうっとりとした眼差しでファナが感嘆の声を上げていた。

「はあ、尊い、ああ、感情の想いを全て言葉に尽くしても足りないくらい……尊い」

そんなファナが、毒針を投げ、向かってくる魔物たちを麻痺させて動きを止め、そこを俺やサイフォンがとどめを刺していく。

サイフォンも魔物をあらかた片付けたらしい。サーベルには魔物特有の緑色の血が付着している。それを布で拭いながら俺たちに顔を向けた。

「ここら一帯の魔物はこれで全部でしょう。村人に報告しに行きましょうか」

「そうだけど……さすがに凶暴化した魔物たちが多くないか？　異常だと思うが」

「どうやらアニュザッサの町や村のあちこちに魔物たちが出没しているようじゃ」

俺の呟きめいた言葉に、切り株に座って俺たちの戦いを眺めていたマスルールが返事する。

「人手不足になっとるんじゃろ。ワシらは補充要員のようなもんじゃろうて」

冷静に言いつつ彼も表情を曇らせている。何か思うところがあるのだろうか。

立ち上がったマスルールは周囲を気にしている。魔物の気配がないかを確認し、やがて身体から力を抜いた。

マスルールの様子を見て周囲に敵がいないことを悟ったのだろう。ファナが短刀や毒針を小袋にしまい込みながら言う。

「人手不足だからボクたちが代わりに村の護衛をする、ここまでは構いませんけど、いつまでもボクたちだけじゃ続きません。……勇者ギルドならきちんとした組織で補給体制も整っているから問題はないですが、ボクたちは補給物資だってありませんし。ある程度、退治したら勇者ギルドの方々に仕事を引き渡した方がいいかもしれません。今のところ死者は出ていないとしても、いつ被害が大きくなるかわかりませんし。いかがしますか、我が師」

「そうは言ってもな。依頼主によると、勇者ギルドも呼んだが、一向に来ないというのじゃよ……」

「あら、私たちのお話をしているのかしら？」

急に俺たちの話に割り込んできた人物がいた。

森の茂みから音を立ててやってきたのは、数人の女性たちだった。

「そんなふうに話すということは、あなたたちが例の隠密者たちで合っているのよね？」

一歩、前に踏み出したのは、セミロングくらいの髪の長さの金髪少女だ。頭の少し上の辺りを結い上げている。白銀の鎧に身を包み、意志の強そうな碧い双眸を向けていた。なにより印象的なのは彼女の細い体格に似つかわしくないほどの大剣だ。

平然とした顔で大剣を背負っている少女は、髪を優雅にかきあげながら言葉を続けてきた。

「こんにちは、初めまして、勇者ギルド〝栄光の翼〟の代表です。……ごめんなさい、遅れてしまって。ご迷惑をおかけしてしまったかしら？」

やばい。彼女には見覚えがある。

「あの女、見覚えがある」

俺の言葉を代弁するかのようにサイフォンが呟いた。

「彼女は勇者ギルドの中でも歴史が古く有名な〝栄光の翼〟の新しいギルド長だ。なぜ、こんな場所に……？　たしか、名前は……」

ヨスガ・サーリー・ベルダダ。

そんな彼の言葉を拾い上げたヨスガは、どこか刺々しい笑みを浮かべて言う。

「ええ、私はギルド長のヨスガよ。よくご存じなのね。なら、詳しくお話しなくても大丈夫かしら？　つまり私たちがいるから。あなた方は帰っても大丈夫と言いたいの。あなたたちの腕は確かなようだけど……」

そう言いながら彼女は周囲に倒れ伏した魔物たちに目をやった。

「こういうのは私たちのような勇者ギルドに任せるべきだわ。少し手違いがあって二重に依頼したみたいだけど、村人には私から、きちんと説明をしておきます」

自信満々な表情で胸に手を置きながら、すらすらと彼女は述べた。

俺たちはどう対応していいかわからず、マスルールに目を向ける。彼は無言のままヨスガをじっと眺めていた。

「あなたは、あの有名なマスルール様かしら、はじめまして。暗殺者としての実力は伺っていますけど、それとこれとは話が別です。……つまり、私の言いたいことは、ご理解いただけますよね？」

ヨスガが低い声でマスルールに話しかけるが、彼は無反応だ。

やがて苛々した様子でヨスガが、腰に手を当てて彼に一歩近づいた。

「ちゃんと口にしないと、わからないかしら？」

顎に指を添え、どこか挑発するかのような表情を浮かべる。

「あなた方のような組織の形にもなっていない、同好会、趣味でやっているような方々に残られても大迷惑なのよ。……つまり大変危険な仕事なので、あなた方がいると私たちの仕事が増えるだけだわ」

かなりきつい言葉だ。

俺は彼女のことを、よく知っている。彼女はハッキリした性格だが、ここまで厳しいことを言うには、ちゃんとした理由があるはずだ。その理由が何かはわからないけれど。

ここまで言われて、マスルールが俺たちに「行くか」と告げて彼女たちから離れていく。

ヨスガの後ろには青色のふわふわしたボブで、薄碧の大きなローブに身を包んだ少女がいた。彼女は甘くとろけるお菓子みたいな雰囲気で、少しだけ申し訳なさそうに目を伏せながら、こちらに挨拶した。

それを目ざとく気付いたヨスガが「ラタ、行くわよ」と告げる。どうやら、青色の髪の彼女はラタという名前のようだ。

だいぶ歩いたところでファナが、居心地悪げに髪の先端を指で巻きながら不満を口に出す。

「あんなに言わなくてもいいのに」

「まあ、有名な勇者ギルドからしてみたら、そう見えてしまうのだろう。……だが、おかしな話だ。こんな村に、なぜそんな有名な勇者ギルドがやってくるんだ」

サイフォンは不思議そうに返答した。

たしかに、その通りだ。この辺りは農家を中心とした小さな村ばかりだ。特産品があるわけでも、観光地でもない。勇者ギルドに依頼しても人手不足で見捨てられるほどだ。だからこそ隠密者である俺たちも呼ばれたと考えていたのに。

「まあ、向こうにも事情があるのじゃろ。いちいち気にしていては身がもたんわい」

マスルールが首を回しながら言う。ファナが目を丸くして返答した。

「うっわ、我が師よ。雑な配慮ですね。なんで黙っていたのかなって思っていたんですけど単に反応するのが面倒なだけだったんですね」

「雑って言うな。面倒事はなるべく避けるのが当然じゃろうが」

「じゃ、じゃあ、依頼はどうなされますか？」

俺が唇を震わせながら聞くと、マスルールたち三人が俺をじっと見つめてきた。

「な、なんだ……？」

俺が戸惑っていると、ファナが大声で驚きの声を上げた。

「わ、わあ、なんでサスケ様、ガタガタガタガタ震えちゃっているのかな！　そんなにヨスガギルド長が怖かったのかな？　たしかに何だかきつそうな雰囲気だったけど。別に震えるほどじゃないと思うけど！」

「なんじゃお主、意外と臆病な奴じゃのう」

マスルールにも言われて俺は顔を大きく背けた。

「え、ええ、まあ、すみません」

まだ身体の震えが止まらない。

ファナがヨスガの前で、俺の名前を呼ばなくて助かった。俺だとバレてしまわないかと不安で、怖くなって震えていたのだ。

――彼女は、かつて魔王を倒した勇者の一人。

そう、彼女は俺の昔の仲間だった。仲間の中でも一位二位を争うほどの腕前を持った剣士で、彼女の家に代々伝わる聖なる大剣を愛用している。

変わらない彼女の姿を見て懐かしく思うと同時に、強い違和感を覚える。

サイフォンの言う通りだ。彼女は俺たちの中でも強力な冒険者だった。そんな彼女が、どうして、わざわざ、こんな小さな村にやってきたのだろうか。

＊＊＊

俺たちは依頼された村の近郊の別の村に来ていた。

あんなに大量に魔物たちが現れているのだ。他の村にも被害が及んでいると考える方が正しく、その考えは当たっていた。

「この村も昼も夜も外にろくに出られない状況のようじゃの。村の周囲に柵を作っているようじゃが心許なく、さらに依頼した勇者ギルドの者も来ていないそうじゃ」

マスルールが村長と話をしたらしく、情報を仕入れてきたようだ。

「こんな状態で、よく、まだ死者が出ていませんね」

そう言うサイフォンにマスルールはため息をつきながら言った。

「他の村でもそうらしい。まさに奇跡と言いたいが、どうにも魔物たちの動きも統制が取れていないようだから、集団で対応すれば、まだ何とかなるようじゃ」

「知能のない魔物が、いたずらに暴れているような状態ということでしょうか。それでしたら力尽くで抑えつければすみますしね」

　サイフォンの分析にマスルールが頷く。

　彼の後ろにいたファナが顔を曇らせて口を開く。

「ただ代わりに、さっきの勇者ギルドの人たちがやって来たみたい。ここら一帯の村に挨拶して回っているみたいだよ」

「依頼した勇者ギルドと、さっきの勇者ギルドは別だってことか？」

　そう俺が問いかけるとファナが苦々しい顔で頷いた。

「そうみたいだよ。依頼したギルドは前払いで、かなり割高だったくせに、一向に来る気配がなくて……」

　口ごもるようにファナが言葉を続ける。

「もしかしたら悪質な勇者ギルドに騙されちゃったんじゃないかって。そんなふうに考えちゃっているみたいなんだ。どうも最近、前金払いなのに、ちゃんと依頼を実行してくれないギルドが増えているらしくて……」

「こんな田舎の場合、事前にギルドについて調べるにしても限度があるでしょう。そうなると、どうしても、ある程度、名の知れたギルドか、もしくは村にやってきたギルドの提案を、そのまま受け入れるしかない」

　サイフォンの言葉にファナが周囲の村人たちを気にしながら小さな声で言った。

「ここの村の場合、後者だったみたいなんだ。それで、多分お金だけ取られちゃったんじゃないかな」

「もし前者でも似たようなことは起きていただろう。ある程度、名の知れているところは仕事も多い。言い方は悪いが、大口の仕事を優先気味なので、きっと後回しにされていただろう。おそらく他の村でも同じことが起きているかもしれないな」

そう言いながらサイフォンがフムフムと何度も頷いた。

「さっきの勇者ギルドは、それがわかっていてフォローして回っているのかもしれんの」

そうポツリとマスルールが呟いた。その反応に俺は嬉しくなり思わず答えてしまう。

「そんなふうに悪質な勇者ギルドがいるのだとしたら、じゃあ、さっきの彼女が刺々しかったのも俺たちが隠密者という、何だかわからない組織だったからか。いくらマスルール様を知っていたとしても警戒していたってことなのかもな！」

やはり彼女の行動には意味があったのだ。無意味に敵意を振りまいていたわけじゃなかった。

「……いや、我々は問題なく魔物を倒していたのだから、そんな悪質な勇者ギルドと一緒に考えられても困る」

「そ、それは……」

サイフォンの突っ込みに俺は俯いてしまう。

そんな俺にマスルールが背中を叩きながら言葉を付け足してくれる。

「おそらく身内の恥もあって苛々しとったんじゃろうな。噂では最近、ギルド長を継いだばかりで苦労が多いとも聞く。まあ、小娘の八つ当たりごとき、ワシは気にせんよ」

「さすが我が師は心が広い。それに元を正せば人を襲う魔物が悪いわけだし」

そこまで言ってファナが俺の顔を覗き込んできた。

「でもどうして、この辺りに魔物がたくさんいるのかな？　我が師はここだけじゃないって言ってたけど、ボクたちの拠点の周りにあまり魔物はいない。変だよ。統率している魔物がどこかにいるか、もしくは魔物の呼び水みたいに魔物たちを集めている何かがあるのでは？」

「ふむ、よし、ここらでお主らに試練を課すとするか」

マスルールは民家の外に置いてあったボロボロの椅子に座ると、俺たちに向き直る。

「三人で頑張って協力して、村の人たちの懸念を取り除くのじゃ。魔物が集まる要因があるなら、根本的に取り除くべきじゃな」

「その間に、あの勇者ギルドの者たちに出会ったらどうします？　彼らには関わるなと警告を受けていますが」

サイフォンの問いにマスルールが楽しそうな顔をした。

「適当に誤魔化せばよかろう……それより……」

マスルールがゆっくりと近くにある民家の方に首を向けた。

「誰じゃ。さっきからワシらについてきておるじゃろ。出てこい」

マスルールがそう言うと民家の影から一人の青年が出てきた。金髪碧眼の美青年で、どこぞの貴族といってても信じてしまうくらいに華美な衣服を身につけている。

「ふむ、見たことのない顔じゃな。なぜ、ワシらをつけてきた？」

そう言ってマスルールは青年を睨みつけている。

「……どうも、どうも。あなたが、あのマスルール殿？」

隠れてこっそりとついてきたくせに、悪びれもなく俺たちの前に歩み寄ってきた。

「いやあ、お会いできて光栄です。僕はアーサーと申します」

「なんの用じゃ」

警戒心を露わにするマスルールに彼はニコリと微笑む。

「――ええと、個人的なお話を、あなたと二人きりで。いかがでしょうか？」

「よかろうよ」

即答だった。

俺は思わず突っ込んでしまう。

「い、いやいやいや、初対面な相手？　なんですよね？　大丈夫なんですか？　それとも知り合い？」

「なんじゃ、お主。そこで首を突っ込んでくるとは思わんかった。別にどうでも、ええじゃろうが。お主には関係ない話じゃろうが」

飄々とした顔でマスルールは告げてくる。

その横で心配そうにファナがマスルールに話しかけた。

「我が師、大丈夫ですか？　ボクも一緒についていった方がいいのでは？」

「大丈夫じゃ。ワシらは、昨日泊まった村の宿におるから、もし何かあったら連絡するんじゃ。お主らは試練を進めるように」

「……かしこまりました」

納得していない様子だったがファナは頷いた。

当たり前だ。俺も急な展開で理解できない。

アーサーと立ち去っていくマスルールの背中を、不安そうにファナが眺めている。その姿が見えなくなるまで、ファナはずっと立ったまま見つめていて、俺は何も言えなかった。

そのとき、サイフォンが躊躇いながらも彼女に声をかけた。

「……ファナさん。我が師はああ言っていましたが、どうにも気にかかる。こっそり様子を見に行ってくれませんか？　私たちはこの村にいますので」

さりげないタイミングで女性を気遣い、声をかけるあたり、彼はものすごくイケメンだ。

「……うん、わかったかも。ボクも嫌な予感がするから。あの金髪碧眼の男の人、ただならぬ雰囲気を醸し出していたから」

「その雰囲気は私も感じました。お願いします」

そんな雰囲気を俺は感じなかったが、二人が言うなら、そうなのだろう。

ファナはサイフォンに対して「ありがとう、ごめんね」と申し訳なさそうに言いながらもマスルールの後を追った。

俺はそんな二人を眺めながら妙な嬉しさに浸る。

最初は初対面だった相手が、こんなにもお互いを配慮しあう仲になったのだ。

自分も二人のように自然に協力し合える仲になりたいと思ってしまう。

「……さて、これで二人きりになれた。少し話を聞かせてもらうぞ」

「――え？」

なんだ、それ。呆然とした俺にサイフォンは言葉を続ける。

「先日、言っただろう。貴様と、じっくり話をしたいと。私は貴様に用事がある。ずっと、この機会を窺っていた」

思わず口をあんぐりと開けてしまう。

ファナに配慮してマスルールのところに行かせたわけではなく、目的は俺と二人きりになることだったのか。さっき、お前に感動した気持ちを返してほしい。

驚いている俺に構わずマスルールは話を続ける。

「……村の外に行こう。ここでは迷惑がかかる」

迷惑がかかるとは。一体何をする気なのだろうか。

正直な話、一緒についていきたくはないが、有無を言わさない圧迫感に俺は頷くしかなかった。

＊＊＊

村の外、森の奥深く進んで、少し開けた場所まで連れて行かれた俺は、乾いた笑いを浮かべながらサイフォンと対峙する。

「用件はわかるか？」

そう問いかけられて俺は肩をすくめて首を曖昧に振った。

「やっぱり、俺が未熟なのに弟子見習いになっているのが気にくわないってことか？」

「……」

そんな俺の言葉にサイフォンは遠くの空を見上げながら無言のままでいる。

ため息をついた俺は低い声で言った。

「余計な言葉を口にするつもりはないってことか？」

「……ああ、私と勝負をしてほしい」

そう言いながら彼は、サーベルを構えて俺に向けてくる。

「貴様は力がどういうものか知っているか？」

「はあ？」

急によくわからないことを話し出した。戸惑う俺を無視して彼は言葉を続ける。

「私は、本当の力がどういうものか知らない。そんなものは、本物の強者だけが至れる境地だと信じている。つまり今の私には、到底、理解の届かないものだ」

「だから？」

そう俺が問いかけるとサイフォンは一歩前へと踏み出した。

「貴様にはわかっているのではないか？　本当の強者だけが届く高みを。そこから見える光の輝きを。目の前に広がる特別な光景を」

「い、いや、わからないよ……」

光とか、高みとか。急にわけのわからないことを言い出したぞ。こいつは、もしや実は電波むんむんのアレな男なのか。まったく、そう見えなかったが。

「なぜ、嘘をつく？　貴様は私には見えないものを知っている。それを是非教えてもらいたいのだ」

「い、いや、俺、本当、お前の言いたいこと全然わからないから！」

「嘘だな。どれだけ隠していても私にはわかるぞ。貴様は強い。あの湖の蒸発も、魔物を倒したのも全ては貴様がやったことだろう。我が師も見抜いていたが、あえてはっきりとは言及しなかったようだが……。だが私は見逃すつもりはない、貴様の力の強さを」

「だから俺の力をはかれる機会を、ずっと窺っていたというわけか？」

「そうだ。ようやくこうして、あの女を追い出すことができたのだ。我が師のことも確認する必要はあったから一石二鳥というもの」

さらりとマスルールのことを配慮するあたり、やはり悪い奴ではないのだろう。

「俺と戦って力を確認したいというなら、そう言えよ。電波……いや、意味不……難しいこと言われても意味がわからないから！」

俺が今、サイフォンに感じている気持ちごと、思わず本音を漏らしそうになり、慌てて言い直す。

「本物の強さの領域に達して、そこから光に溢れたものを見てみたいというのも私の願いだ。

貴様と戦えば、それがわかる気がする。……今は、その本能に身を任せるべきだと感じたのだ」

「つまり、俺の弟子見習いの立場が気にくわなくて喧嘩を売っているわけじゃないんだな？」

「そんなことは、どうでもいい！」

「……は、はあ」

嫉妬とかではなく、単に俺に、俺の力に興味があるのか。好奇心なのだろうか。

いや、違うな。光とか高みとか、毎回、似たような単語を口にしている。それに、届かないとも。彼にはどうも憧れる何かがあって、それに俺が到達しているように見えているということなのだろうか。

それも何か違う気もするが。どうにも、よくわからない。

「ただ私は貴様と戦いたい。貴様の強さを確認したい、浸りたい！　この身に全てを受け止めたい！　さあ、もう話は終わりだ。……いかせてもらう」

そう言いながら彼は踏み出す足に力を込めた。

彼の考えは意味不明だが、拳と拳でわかりあうというのは嫌いじゃない。

「でも、こうして戦いあうとしても俺の隠密能力のなさが露呈するだけで、お前の気が済むとは思え……」

言葉を止めて、寸前で振り下ろされたサーベルをかわす。

喋っているのに攻撃してくるなんてマナーが悪すぎる。苦笑して俺は後ろに跳躍した。

俺の熱制御は相手に近づく必要がない。だから相手の攻撃範囲に居続けるのは単なる馬鹿だ。

彼は、まるでステップを踏むような足取りで、素早く俺との距離を詰めてくる。

熱風を生じさせた勢いで後方に飛びながら、俺は詰められた分だけ距離を確保する。

熱制御の力がばれると、俺が魔王を倒した勇者だとばれてしまう。だから能力がばれないようにしながら、彼が大けがを負わせないように気をつけて戦わなければならない。

どう対応すれば一番よいだろうか。

「いつまで……逃げるつもりだ……！」

苛立った彼の声に、俺は疲れたように息を吐き出した。

別に逃げているわけではなく、どのように反撃しようか決めるまでの時間稼ぎだ。

とはいえ、いつまでも追いかけっこを続けているわけにはいかない。

苛立ったサイフォンも同じことを思ったのだろう。俺に背を向けて、そのまま明後日の方向に走り出した。

一体、何をするつもりだ？

するとサイフォンは広場の端にある細い木に向かって跳躍した。

その木が彼の体重で強くしなる。そして、その木をバネのように利用して勢いを加え、俺に飛びかかってきた。

凄まじい速度のため俺は十分な対応ができない。彼のサーベルをそのまま籠手で受け止める。

「……ぐ……」

小さく呻きながら力を込めて彼を押し返した。

もう一度、サイフォンは力を込めてサーベルを振り下ろしてくる。

俺は周囲に強い熱風を起こして、風の力で彼を吹き飛ばした。彼は空中で器用に回転すると、上手に受け身をとり地面へと降り立つ。俺が前回の召還時に鍛えてなければ、無傷では済まなかっただろう。

再び俺は彼と距離をとる。

そろそろ、こうしてサイフォンと追いかけっこしたり、斬り合って受け止めるのも飽きたところだ。正体がバレる前に片をつけなければ。

「と、なると……」

俺は指先に力を込めた。空を見上げて、そこに指を向ける。

――同時に目を固く閉じた。

瞬間、辺り一面に眩い光が広がる。

一箇所に集中して熱を生じさせ強い光を作り、相手の視界を奪ったのだ。目に見えなければバレないし、いくらでも対処のしようがある。

その上で俺は、サイフォンのサーベルの傍で小さな爆発を起こした。

その衝撃でサイフォンの身体が勢いよく吹き飛んでいく。

地面に叩きつけられた彼は「かはっ」と呻き声を上げると、痛みで身体を曲げていた。

だが双眸には闘志が宿っている。

ああ、この程度では駄目か。すぐにそう判断した俺は、閃光が消える間に、もう一度彼の傍で小さな爆発を起こした。今度の爆発は悲鳴や呻き声すら、かき消された。

閃光が収まると、そこには地面に倒れ伏した彼の姿が見える。

肉の焦げたような臭いと、プスプスとした白い煙があちこちから出ていた。

なんだか、やばそうだ。自分のしたことなのだが、だんだん怖くなってきた。

ピクリとも動かない彼が心配になり、恐る恐る近づく。

「だ、大丈夫か？」

だが動かない。やばい、やりすぎてしまったのか。

身体をガタガタと震わせていると、彼の頭が痙攣するかのように小さく動いた。

生きているようだ。

安心した俺は再び「無事か？」と声をかける。

「ああ、やはり……あなた様は、お強いのですね」

「――は？」

彼は飛び跳ねるようにして身を起こした。土下座するようにその場に膝をつけたかと思うと、俺の足に縋りついてきた。

「な、なにするんだ、いきなり！」

かなり元気じゃないか。何度も至近距離から爆発を起こして、彼もそれに巻き込まれたはずなのに、なぜかピンピンしている。

「親愛の情です。是非、その強さを私に勉強させていただきたく」

「ふぅん」

そう言いながら俺は冷たい眼差しで告げた。

「──そう言いながら、お前、本気を出していないだろ。見ていてわかるんだよ」

俺は試練のときにサイフォンが俺にもわからない力で、マスルールから鍵を盗み出したのを知っている。今回の戦いに、その力の片鱗はなかった。

「それは違います！」

ガバリとサイフォンが顔を上げた。縋りつく手に力を込めてくる。

「あなたの強さに対して、私も同じ強さを見せようとしただけです！　たしかに、まだ私には見せていない能力がありますが、それは決して本気を出していないわけではありません！」

「いやいやいや……そ、それは本気じゃないってことなのでは……？」

「違います！　断じて！　あなたに見せないのは、私の能力が深い闇の底に沈んでいるからです。あなたのように光り輝く力とは異なる存在……そう、そこは暗く淀んだ果てのない泥沼……誰かに見せられるようなものではない。ゆえに、あなたにさらけ出すことが恥ずかしく感じてしまうのです！　もし見せるとしたら、私があなたと同じ高みに登ったときくらいなもので……！」

フンフン鼻息を荒くしたサイフォンがポエムめいたことを口にしながら必死に否定している。

「はあ、意味がわからん……」

よくわからないが、これ以上、突っ込んではまずそうな雰囲気だ。そっとしておこう。

「……それはいいとして、身体は平気か？」

「私のことを心配してくださるのですね。ありがとうございます。涙が出てしまうくらいに嬉しい所存です」

そして彼は本気で泣き始めた。男が嗚咽する姿はみっともない。しかも彼の手足は火傷して、衣服のあちこちは焼け焦げている様子だ。どうしていいかわからないが、放置していい状況じゃない。

「いやいやいや、泣く元気はあるんだから、問題ないと思っていいか？」

「問題ありません。ご心配をおかけして申し訳ありませんでした」

サイフォンは足に縋り付いたまま、涙を流して、そう答えてきた。

「問題ないならいいけど……。急に敬語を使い始めて態度が変わったし、頭は大丈夫か？　目眩や聞こえづらいといった症状は出ていないか？」

「問題ありません。態度を変えたのは私の心の底から出ている真の気持ちだからです。決して頭がおかしくなったわけではありません」

「う、うん、ならいいんだけどさ」

俺からしたら、頭に強い衝撃が加わって、おかしくなったようにしか見えない。気持ちが悪いから今まで通りに戻してほしい。でも彼が素直に聞くとは思えない。

「と、とりあえず体調に問題ないなら離れてくれるか？」

「わかりました、離れます」

ようやく彼は俺から離れてくれたが、引き続き正座して俺を見上げている。

「あなたの強さに感服しました。あなたから感じる威圧感、強き者が持つ独特の空気……試さずとも間違いなく強いと気づいてはいたのです。それでも、その強さを肌で感じたい欲求を抑えられなかった……あなたに迷惑をかけてしまい、大変申し訳ありません」

「いやいや、全然気にしてないから、お前も気にしなくていいよ。それより敬語ではなく今まで通りだと嬉しい」

「申し訳ありませんが拒否します」

「――――は？」

呆気にとられていると、彼が早口でまくしたてるように答えた。

「私は既にあなたを心の師匠と仰いでおります。マスルール殿に続く第二の師匠」

「いや、そういうの困るから」

「なぜですか？　あなたは既に、ファナの精神的な導き手になってほしいという望みを受け入れているはず。私を受け入れない理由がわかりません」

どこでこのことを知ったんだ？　あの場にこいつはいなかったはずだけど。あのとき、こいつはあとで俺の部屋にやってきたふうを装っていたが、実はずっと気配を消してファナと俺のやり取りを盗み聞きしていたとかなのか。まさかそんなことはないと思いたいが、もし、そうなら正直、怖すぎる。

「事実と違うが、そこを突っ込まれると困る」

「そうでしょう。私はあなたを困らせたいわけではありません。単に私があなたを師匠として尊敬する心の自由をお許しください……ですが……」

そこで彼は首を傾げながら言葉を続けた。

「あなたが戸惑うのもわかります。マスルール様と区別をした方がいいので、あなたのことはお師匠様（仮）と呼びましょう。こちらでどうでしょうか」

お師匠様（仮）ってなんだ。だいぶ失礼じゃないか。暗にディスられているかと思ったが、これ以上拒否すると、もっと状況が悪くなるかもしれないので俺は諦める。

「じゃあ好きにしていいよ」

そう肩を落としながら言うと、彼は嬉しそうに頰を緩ませた。

「とりあえず手当をしよう。そのあと近辺の村から魔物について聞き込みでもしてみるか」

そう言うとサイフォンは頷いてゆっくりと立ち上がるが、どこかふらついている。

村の人にお願いして早く手当をした方がよさそうだし、こうしている間に、魔物が村に襲いかかるかもしれない。

俺たちが急いで村に向かっていると、息を荒げて目を血走らせているファナと出会った。

彼女の様子を見るに、ただ事ではないことが起こったのだろうか？

「サスケ様、探したんだよ！　どうしてこんな場所にいるのかな！　魔物退治していたようにも見えないし……！」

彼女は俺たちを見て驚いた。

「わぁっ、なんでサイフォンさんが怪我をしているのかな？」

彼女はサイフォンの火傷や怪我に気付き、驚いている。

俺の仕業だ。申し訳ないが、俺が口を開くより先にサイフォンが前に踏み出た。

「お師匠様（仮）に稽古をつけてもらっていたのです。貴様には関係のないこと」

慇懃無礼すぎる。それに話がややこしくなってしまう。

アワアワしている俺の前で、ファナが目をパチパチさせながら俺とサイフォンを交互に見る。

「お師匠様（仮）？　え？　なにそれ？　誰のこと？」

「サスケ様のことです。彼以外に誰がいるのですか？」

「ど、どうして？　いつ、そうなったのかな？」

「つい先程です。貴様のいない間に。……私がサスケ様をお師匠様（仮）にしたのは運命、本能のようなものです」

「運命？　本能？　え？　何の話なのかな？」

彼女の態度は当たり前だ。俺だってそう思う。意味がわからない。

「ふん、貴様ごときには理解できまい」

「え？　今、ボク、さりげなく、ひどく言われていないかな？」

「気のせいではなく、事実を伝えたまでです」

そうはっきり言われてしまい、ファナが信じられないといった形相で目を丸くしている。

慌てふためいた様子で俺に顔を向けてきた。

あまりこちらに助けを求めないでほしい。正直、俺も意味がわからない。

「サイフォンさん、いきなりおかしくなっちゃったみたいなんだけど、どうしちゃったのかな。サスケ様は理由を知っている？」

ファナが震える唇で尋ねてくる。

「理由はわからないけど、多分俺のせいだ」

「いいえ、お師匠様（仮）のせいではありません。先ほども申し上げたでしょう。私があなた様を師匠にしたのは運命そのものです。逃れられない宿命です！」

サイフォンが話に割り込んでくる。話をややこしくするだけだから黙っていてほしい。

「……ま、まあ、ボクに実害がなければ、サスケ様をお師匠様扱いするくらいなら、別にいいかな」

そのくらいなら、いいのか。

ファナは複雑な顔をしながらも態度を急変させたサイフォンを受け入れたようだった。

俺としては、もっと抵抗して、変になったサイフォンを元通りにしてほしかったのだが、仕方ない。

「そ、それはそうと大変なんだよ！　こんな、くだらない話を長々としていられる暇なんてないんだよ！」

ファナが握りしめた拳を上下に振り回しながら言った。

「我が師がどこにもいないんだよ！　あの変な男と宿の一室に閉じこもったまま出てこなかっ

たの！　それどころか……！」

狼狽した様子で俺に掴みかかりながら叫んだ。

「とにかく大変なんだよ！　お願い、ボクと一緒に来てよ！」

どうやら、かなり緊急事態のようだ。

俺とサイフォンは顔を見合わせながら、ファナの言葉に従うことにした。

＊＊＊

俺たちは宿泊していた宿、マスルールの滞在していた一室の前にやってきた。

鍵は無残に壊されている。

「これは……？」

そう俺が問いかけると、ファナが焦燥感を滲ませながら答える。

「ボクが壊したんだ。いつまでたっても二人が出てこないから、それで……」

「隠密者なら、鍵を壊さずに開けることもできたでしょうに。まったく無様な」

サイフォンが突っ込んでファナが表情を曇らせたまま俯く。

彼の言う通りだが、それだけファナにとっては一大事だったのだろう。彼女がどれだけマスルールを尊敬して大事に想っているかがわかる。

サイフォンは躊躇う様子を見せずに扉を開けて部屋に入った。

目の前に広がった状況に俺は息をのんだ。

マスルールもアーサーもどこにもいないばかりでなく、代わりに赤黒い血が床に広がっていた。窓は開いていて強い風が部屋に入り込み、そのせいで室内はひんやりとしていた。

「一体、何が……？」

サイフォンが目を見開いて床の血を凝視している。

「こんな状態なんだ、どうしよう。我が師がどこにもいなくなっちゃった。何があったのかな。ボクたちはどうしたらいいのかな」

ファナは混乱しているようだ。小刻みに身体を震わせて、顔が青ざめている。

「血の乾き具合からみるに、それなりに時間が経ったあとのようだ。怪しいとしたら、直前に出会った、あの金髪碧眼の男だろうな。たしかアーサーと名乗ったか……」

サイフォンがしゃがみ込み、床の血を指ですくい上げながら言った。

「だが、ああやって姿を見せたあとでマスルール様に何かしたら、自分が犯人だと言っているようなものじゃないか。さすがに、それは馬鹿じゃないか」

そう俺が返答するとサイフォンが立ち上がって顎に手を添えながら首をひねる。

「それはそうですが……」

「勇者ギルドに捜索依頼を出した方がいいのかな」

ファナの呟きにサイフォンが首を横に振った。

「貴様、我が師がいなくなって混乱しているのはわかるが冷静になった方がいい。ここで勇者ギルドに借りを作ってしまうのは隠密者として得策ではない。そもそも勇者ギルドは村に頼まれた魔物退治すら、まともに対応していないのに、我々の仕事をしてくれるわけがない」

「だからといって何もしないままではいられないよ。じゃあ周囲の村で情報収集しようよ。もしかしたら何か手がかりがあるかも」

ファナがポンと手を打ちながら返答する。

「手がかりなら、気になる点がある……」

そう言いながら俺は、乱れていた絨毯をめくった。絨毯には手が加えられた形跡があった。

そこには赤い血で歪んだ丸い円のような模様が描かれていた。

一体、これは何なのだろうか。ゲームや漫画でよく見かける魔方陣にも見える。それにこの模様をどこかで見たことがあったのだが、思い出せない。

俺が不思議だと首を捻っていると、サイフォンがポツリと呟いた。

「この模様、どこかで見たことがありますが……すぐに出てきません。日頃、集めている情報に不足があるようです。大変申し訳ありません」

俺と同じような考えをサイフォンも言っている。

「いや、ボクも心当たりがないから、サイフォンさんが謝ることじゃないよ。それにしても、こんなわざとらしく痕跡を残して何のつもりなのかな？　目的が見えてこない。一体、我が師はどこにいったのかな？　この血の意味はなんだろう？」

そうファナは首を傾げていたが、すぐに真剣な顔になって顔を上げた。

サイフォンも同様で、険しい顔で開いた扉の方を見つめている。

「え？　なんだ？」

俺が戸惑っていると、遠くから複数の足音が聞こえてきた。

誰かが、こちらに向かって来ているようだ。サイフォンが服の下からサーベルに手をかけ、ファナも鞄から針を出してきた。

マスルールたちの行方を知っている者たちだろうか。

俺たちは構えていたが、やって来た者たちを目にして俺は、構えを解いた。

そこにはヨスガ、ラタなど、先ほど俺たちに悪態をついた勇者ギルド〝栄光の翼〟の面々が、揃っていたからだ。

「……遅かったみたいね。あなた方も、私たちも」

そう言いながらヨスガは艶やかに輝いた金髪をかきあげて耳にかける。

ヨスガ？　なぜ、勇者ギルドのギルド長がこんな場所に？

驚愕している俺たちを前に、ヨスガが凛とした笑みを浮かべた。

第三章　意外な彼女の姿にときめきを

「キミは一体、何を知っているのかな？」

ファナの質問はもっともだ。俺も気になる。

「場所を変えるのも面倒だから、ここでお話していいかしら？」

そう言いながらヨスガは、ずかずかと部屋の奥に入り込むと椅子に座った。見事な太ももを露わにして足を組む。

彼女の後ろでラタが扉を閉める。周りに聞かれたくない話なのだろう。

さりげに他の女性冒険者たちが扉の前に構えている。俺たちを逃がさないようにしているのだろうか。

ヨスガも絨毯の下にあり、床に描かれた血の模様に気付いたようだ。思い切り不快そうに顔をしかめた。

心当たりがあるのだろうか？　質問したいが、声で俺だと気付かれるのはマズい。追求したい気持ちがあるが何もできずに心の中で悶えてしまう。

チラ、とサイフォンに視線を向ける。どうか俺の気持ちに気付いて質問してほしい。

サイフォンが俺に顔を向けた。もしかして気付いてくれたのか。

そして彼はヨスガを見て告げた。

「……血が気持ち悪いなら絨毯を元に戻しましょうか」

そっちではない。察しの悪い奴だ。

ヨスガはゆっくりと首を横に振った。

「いいえ、別にどうでもいいわ。……それより、やはりマスルール様の身に危険が迫ったのね？」

「やっぱりって、どういう意味なのかな？　君たちは何かを知っているのかな？」

「逆よ。私たちは、きっと彼が何かを知っていると思ったのよ。だから彼に会いたかったのだけれど、何かあったようね。彼の身に何が起こったのかわからないけれど、これで、今、起こっていることについて、手がかりがなくなってしまったわ」

ヨスガは悔しそうに唇を噛んでいる。

「今、起こっていることって何？　魔物がたくさん出没していることかな？」

ファナの質問にヨスガは厳しい表情で答えた。

「——いいえ、そんな小さな出来事などでは決してないわ」

ヨスガがラタに目を向ける。

ラタは俺たちに近づくと机の上に地図を広げた。そこにはいくつもの×印がついていた。

「魔物に襲撃された場所でしょうか。それにしては新しく他の村も追加されているようですが？」

「あなたの言っていることは半分あっていて、半分間違いよ。この地図には魔物の襲撃を受けた村と、それだけでは済まずに二回目の襲撃を受けた村が記されている」

「二回も襲撃を受けている村だって！」

サイフォンが悔しそうに呻いた。

俺たちは、この場所に来たばかりなので、まだ周囲の村の情報を全て入手できていない。被害が広がっていることは知っていたが、その程度だ。

「一体、どれだけの村が犠牲になったんだ？」

「なっている、の間違いよ」

サイフォンの言葉にヨスガが冷たく言い放つ。

「まだ進行形なの。だけど、おかしいのよ。突然、村が犠牲になるの。……ひどいのは、襲われた村は、ほとんど崩壊同然なの。まだ命を落とすところまではいっていないけど、多くの人々が衰弱して、建物はひどく壊されて……。でも不思議なのよ。それだけ被害が出るなら、すぐ騒ぎになってもおかしくないのに。発見は朝になってはじめてわかるの。おそらく特殊な魔物が関わっている証拠だわ」

ヨスガは足を組み直した。膝の上に手を置いて疲れたように息を吐き出す。

「マスルール様は様々なツテから数多の情報を得ていると伺っているわ。だからこそ特徴を言えば、どの魔物の仕業なのか知っていると思ったのだけれど……何があったのかしら」

「行方不明だ。そして、床にこんなものが残されていた。見覚えはあるか？」

ようやくサイフォンが質問してくれた。

「ああ、その床のことね」

ヨスガは不快げに眉根を寄せる。明らかに知ってそうな顔だ。

「心当たりがあるのか？」

サイフォンが問いかけると彼女は小さく肩をすくめた。

「いいえ？　知らないわ」

ヨスガは間違いなく嘘を口にしている。頑なな態度に不信感が膨れあがる。

「ここまで話したのだけれど、あなたたちが魔物のことを知らないのであれば、他に有益な情報も持ってなさそうね」

そう言ってヨスガは立ち上がった。

「いつ、どの村が被害にあうのか、わからないのよ。私たちは迅速に他の村に情報を流す必要があるわ」

ヨスガは髪をかき上げながら扉の方に向かっていく。

俺たちに顔を向けながら彼女は言った。

「そして、ここの村の人たちには、いったん別の場所に避難してもらうことにするわ。あなたたちも、この件から手を引いて帰るように。これはあなたたちの手に負える問題じゃない」

「それはできない。私たちは、この村の周りにいる魔物を討伐するよう依頼を受けている。我が師なき今、その依頼を勝手に中断するわけにはいかない」

「そんな事情、私たちには関係ないわ。……いい？　私たちは警告したから。あと、どうなっても知らないわよ」

扉から外に出ようとするヨスガを見ながら、ファナが俺の前に歩み寄りながら顔を覗き込むようにして言ってくる。

「……だって。どうする？　サスケ様」

やめろ、そこで俺を見ながら名前を呼ぶのは！

ずっと声を出さないように存在感を消していたのに。

全部、台無しになってしまうだろうが――！

「……」

ピタリとヨスガが足を止めた。

気付かれたか。サスケという名前はこの世界では珍しい。いいや、まだ大丈夫なはずだ。

顔を強ばらせたヨスガはツカツカと靴音を立てながら俺に近づいてくる。

彼女に驚いたファナが数歩後ろに退いた。彼女に割り込むような形でヨスガが俺の前に立ってくる。つま先を伸ばして背伸びをするかのように俺を見上げてきた。

「あなた、サスケっていう名前なの？」

返事をしたくないが無言のままでいるとなおさら怪しい。

俺は裏声を使って返答することにした。

「ハ、ハイ」

あまりに変な声だったのだろう。ファナとサイフォンが目を丸くしている。

変な裏声であるにもかかわらず、ヨスガは気にした様子もなく質問を続けてくる。

「私たち、どこかで会ったことあるかしら？」

「イイエ」

「サスケ……変わった名前なのね。出身はどこ？」

「秘密デス」

そんな俺の答えにヨスガが腰に手をあてて不機嫌そうな顔をした。

「どうしたのですか、サスケ様」

サイフォンが空気を読まずに俺たちの会話に割り込んだ。

「急に声が変わったようで。風邪で喉がおかしくなってしまったのですか？　これからの事態にサスケ様は必要です。ここで体調が悪くされるのは私たちにとっても困った状況になりますので」

あまり俺の名前を連呼しないでほしい。そして声が変わったとかバラさないでほしい。

というか、お前、普段は俺のことをお師匠様（仮）と呼ぶんじゃなかったのか。

なんで急に名前で呼ぶんだ。

「声が変わった……？」

ヨスガが不思議そうな顔をしながら呟く。

彼女が怪しんでいる。このままだと本当にまずい。

焦る俺を無視してサイフォンは、しつこく話しかけてくる。

「村の病院に行きましょう。私は火傷の手当が必要ですし、ついでにサスケ様の体調も診てもらいましょう。サスケ様が心配です。もしかすると気付かずに魔物の襲撃で影響を受けてしまったのかもしれません。時間差で身体に影響を及ぼすものはいくらでもあります、サスケ様」

「……」

「まるで裏声になっているかのような……明らかにいつもと違う声過ぎて私は心配です、サスケ様」

「……」

「なぜ、黙ったままなのですか。やはり体調が悪化しているのですか、サスケ様」

まるで、わざとやっているかと思うくらいに、名前の連呼と声の違いをここぞとばかりに強調してくる。

もう、やめてくれ！　状況が余計にややこしくなる。

ヨスガの俺を見る目が、どんどん冷たくなっていく。

これ以上はさすがに誤魔化せない。何食わぬ顔をして部屋を出て逃げてしまおう。

俺が沈黙したまま部屋を出ようとすると、腕をヨスガに掴まれて動きを止められた。

「うん、どうも、普段とは声が違うのね。なら少し二人きりでお話いいかしら、サスケさん？

そうしたら、その声も治るんじゃないかしら？」

「ナ、治ラナイカラ、イ、嫌デス」

そう俺が答えるとヨスガの視線がさらに冷え切っていく。ドスの利いたような低い声で言ってくる。

「そう、じゃあ全部バラしていいのかしら。だって仮面を被っているって、そういう意味なのでしょう？」

これは気付いているな。しかも脅迫してきたぞ。さすがの俺も逃げられない。

これ以上、拒否しても力尽くで、どうにかされそうだ。

「……わかった」

「声が戻りましたか。よかった。サスケ様の体調が悪くなったかと心配しました」

サイフォンが、ほうと安心したように息をついた。

お前、わざとか。それとも素なのか。

こいつの場合、言動が電波だから素なのかもしれない。本気で俺のことを心配してくれているのかもしれないが、タイミングが悪すぎて邪魔にしかなっていない。

ヨスガは俺の声を聞いて満足そうに笑った。先ほどの不満げな顔や低い声を一掃してしまうような、可愛らしい笑顔だった。

「ごめんなさい。ちょっと彼を借りるわね」

「わ、わわっ、ヨスガ様？　で、ですが、あなた様を一人になんて……！　そんな変な人物と……！　む、むりですぅ」

「大丈夫よ、ラタ。この変な人物は信用できるから」

そうして彼女は俺の手を取り部屋から出て行った。踊るように軽やかなステップの彼女に、俺は引きずられるしかなかった。

＊＊＊

ヨスガに連れてこられた場所は村にある小さな喫茶店だった。

魔物の襲撃を受けているため、食材などが不足しているらしく、今は村で摘んだハーブを元にした飲み物くらいしか出せないらしい。それでもヨスガは満足のようで、嬉しそうに頬を緩めてハーブティーを堪能している。

そう、彼女は各地の特産のハーブティーを嗜んでいるのだ。それが彼女の唯一の楽しみだと言っていた。

「このハーブティーは緊張した心をほぐす効果があるみたいよ。飲んでくれないのかしら？」

「そ、そのうち飲むよ」

そんな俺の態度を見てヨスガは呆れたような顔をした。

「いろいろ聞きたいことがあるのだけど、あなたは、あのサスケくんなのよね？」

ヨスガはキョトンとした顔で尋ねてきた。

「ああ、そうだ。俺があのサスケだ」

「……そうなのね。さっきは、ごめんなさい。凶悪な魔物が騒ぎを起こしていると知っていたから、なるべく冒険者たちを遠ざけようとしていたの。……きつい言葉を使ったのは、今回の遠征は私がギルド長になって初めてのもので、私が提案したことだから。つまり私の力量を測るために監視している者も傍にいて……そんな状況だったから甘い態度だと示しがつかなくなるのよ」

そこでヨスガは困ったような顔をした。

「あなただけじゃなくて、あなたの仲間たちにもちゃんと謝らなきゃね」

目の前にいる彼女は、かつて魔王を倒したときに一緒に戦った勇者の一人だった。仲間として長い時間を過ごしてきた。信頼関係も築き上げている。本当は心根の優しい少女だと知っていたが、やはり、きつい言葉を口にしたのには理由があったのだ。

「……サスケくん。でも、あなた、どうしてここにいるの？」

ヨスガが不思議そうな顔をしたまま首を傾げている。

彼女は俺が異世界から来た人間であることを知っていて、魔王を倒したあと、元の世界に戻るところも見届けている。

「自分にも、よくわからないけど、またこちらに……」

そこで彼女は「あ……！」と小さく呻くと俺の話を遮り、少しだけ首を伸ばして周囲を確認するような仕草をした。

「ああ、いいわ。あなたの事情を示すような具体的な言葉を、こんな昼間から、あえて出さなくても」

俺の今の状況をヨスガは配慮し、俺の言葉を遮り話題を変える。

「サスケくん、事件のことを詳しく教えてちょうだい。……魔王は倒したというのに各地で魔物たちが凶暴化する事件が起こっている。今回、この辺りの村で起きたようにね。……まるで魔王がいたときのようだわ。あなたなら、何か知っていると思ったのだけれど？」

「すまない。よくわからないんだ」

「じゃあ、なぜ、そんな怪しい格好で身を隠してマスルール様のような有名な暗殺者の傍にいるの。変でしょう？　ええと、暗殺者ではなく隠密者かしら？　いずれにしても何か考えがあって彼らに紛れ込んでいたのではなくて？」

「いやいやいや、そんなんじゃないんだ。とりあえず、またこの世界に来た理由がわからないけど、今度は本当に好きなことをしようと思って……」

俺がそう答えるとヨスガは、むっとしながらハーブティーを飲む手を止めた。そして俺の鼻を指先で小突き、不満げな声で言う。

「好きなことってなにかしら。私と一緒に勇者ギルドに入ればいいじゃない。知ってるかもしれないけど、勇者ギルドは今ひどい状態よ。勇者という良いイメージを逆手にとって、悪いことをする者たちもいるの。魔物たちだって危険な兆候を見せているようだし……今が踏ん張りどころなの。あなたがいれば百人力だわ。ねえ、勇者ギルドに入っ……」

「いや、やることはあるんだ。今回は好きなことをしたいんだよ」

彼女の話を遮って断るとヨスガが顔をしかめた。

「そういう強情なところ、なーんにも変わっていないのね。……結局、変な格好している理由も教えてくれないし。あなたがいなくなって、私がどれだけ苦労したのか知りもしないで……

あなたは好きなようにしたいというのね。身勝手だとまでは言わないけれど、かつての仲間なんだもの。もっと、私たちに協力してくれてもいいんじゃないかしら」

そう言いながらヨスガは俺の手を取ってきた。

さらりと手の甲を撫でてくる。いきなり、どうしたんだ？　ヨスガは俺の反応を楽しんでいるかのように唇を緩めた。

「何も変わってないのね。あなたの手も温もりも……さっき、どさくさに紛れて手を繋いでしまったけれど、何だか懐かしくて温かな気持ちになってしまったわ。……おかしいわよね、ほんの一年前くらいの話なのに」

「な、何度かこうして手を繋いだって……変な言い方をするなよ……。戦うときに必要だったからで、決してよこしまな気持ちは抱いていないから！」

「ふーん、誰もそこまで言ってないじゃない。私は嬉しかったっていう話をしているのに？」

とてつもない美人にここまで言われて悪い気持ちはしない。だが、こうして彼女が甘い言葉を紡ぐときは、たいてい彼女に企みがあるときだ。

ヨスガは真剣な顔に戻ると言葉を続けた。

「サスケくん、単刀直入に言うわ。私たちのところ——勇者ギルド〝栄光の翼〟に入ってほしいの。私たちには、あなたが必要だわ。お願い、考えてくれないかしら」

こういう表情をする彼女には俺も真面目に応えなければならない。

「すまない。ヨスガさんの力になりたい気持ちはあるけど、マスルール様がいなくなっている

以上は、彼を捜さなければ。今は俺は隠密者なんだ。だから、その任務を最優先したい。あの床に描かれたおかしな模様も気になるしな……」

どこかで見た覚えがあるのだ。なぜか思い出せないが。

ヨスガは考え込むような様子を見せて口を開いた。

「ああ、あの模様ね……そうね、あなたなら話してもいいかしら。あの模様はね……」

そのとき、俺たちの上に、すっと影がかかる。誰かが近づいてきたようだ。

顔を上げると、そこにはラタがいた。

複雑そうな顔をした彼女はヨスガに話しかけてくる。

「……あ、あのう、ヨスガ様、まだお話は続いているのですか？」

「ラタ……」

彼女がここに来るとは思わなかったのだろう。ヨスガは唖然とした表情でラタの顔を眺めていた。やがてラタはヨスガが俺の手を握っていることに気付いて慌て始める。

「は、はわっ、そんなふうにお手々を繋いじゃったりして？　よ、ヨスガ様、何をなさっているのですか？」

「え……ええと、別に何でもないのよ、何でも！」

動揺したヨスガは俺の手を放り投げるようにして離した。

そんなに乱暴にしなくてもいいのに。ただ俺は、自分から彼女の手を離す真似はできなかったのである意味、助かったとも言っていい。

「ほ、本当に？　な、何でもないと？　信じていいのですかぁ？」

「当たり前よ！　なぜ、そこをしつこく聞くのかしらね、ラタ！」

ヨスガは顔を真っ赤にして俺との関係を否定する。

「そ、それなら、いいのですがぁ」とラタは口ごもりながら俯いた。

「あのう、ヨスガ様、先代ギルド長がお呼びです。便りが来ておりますので宿にお戻りくださいませ……」

「わかったわ。きっと今回の件ね」

ヨスガはコホンと咳払いをすると席を立った。

「ごめんなさい、それじゃあ、また今度ね」

ヨスガは俺に手を振ると立ち去ってしまった。

彼女は前と全く変わっていなかった。少し疲れた顔を見せていたが、いつもの凛々しさと柔らかさを併せ持った少女だった。

「あ、あのっ」

まだ傍にいたラタが俺に話しかけてくる。

「……あなたは、ヨスガ様とどういう関係なんですか？」

「――え？」

唖然としていると、ラタが険しい顔で叫ぶように言ってくる。

「あ、あの、あのっ！　ヨスガ様は勇者ギルドの未来を担う方です。あなたのような、どこの誰かわからないような人と付き合う時間なんか、なくてぇ……！」

なんだ、この少女は急に何を言い出したんだ。彼女の考えが読めずに首を傾げていると、やがて息を荒くした彼女が、はっとして顔を上げた。

「は、はわっ、私、なんてことを。ご、ごめんなさいぃ……！」

口元に手を当てて慌てふためいた彼女は、周囲に視線を彷徨わせる。そして彼女は慌てて、その場から立ち去ろうとした。

「ちょっと待ってくれ！　ついでに聞きたいことがあるんだ」

「ふ、ふぇ、な、なんですかぁ？」

ラタは足を止めて俺の顔を見た。

「お前も、さっきの床に描かれていた模様を見たよな。あの紋様に見覚えはないか？」

「ええ、まあ……。あの模様は、最近、王都で流行っている宗教の印《シンボル》ですね」

宗教だって？

詳細を尋ねようとすると、ラタは顔の前でブンブンと手を横に振った。

「は、はわ、私は、その一員じゃないですから！　有名で、流行りだから知っているだけですからぁ！　変な誤解しないでください！」

そう言い、俺を指さしてくる。

「と、とにかく、ヨスガ様に付きまとわないでくださいぃ！」

言うだけ言って彼女は走り去ってしまった。

結局、彼女が何を言いたいのかよくわからなかったが、最後に彼女が教えてくれた模様の話が気になる。

ここでこうしていても、らちがあかない。宿に戻ろうとしたとき、ファナがこちらに駆けよってきた。

「サスケ様、大丈夫だった？」

こいつ、まさかすぐ近くに？　もしかして俺たちについてきていたのか。

ファナはヨスガの立ち去った先を眺めながら、何でもないような声で言ってくる。

「ええと、昔の彼女さんだったのかな？」

「ち、違うって！　どこをどう見たら、そうなるんだ！」

慌てて否定すると、ファナは顎に指を添えて首を傾げる。

「なんとなく空気と雰囲気から？」

なんだ、それは。どう突っ込んでいいのかわからず汗を流しながら黙っていると、ファナが言葉を続けた。

「大丈夫だよ、サスケ様。ボクはそんなの気にしないから。むしろ人間味あふれていて、いっそう好きになっちゃったよ。彼女の一人や二人、十人、百人くらい、いても大丈夫だよ」

「ハーレムか！　だから違うって！　彼女に失礼だから、やめてくれ！」

「うん、わかった。ごめんね、サスケ様」

ファナは申し訳なさそうに身をすくめて言った。そうしてチラリと確かめるような眼差しで俺を見つめてくる。

「でも知り合いなんだよね？　何を話していたのかな？」

「昔の知り合いで、彼女はいろいろ情報を知っているんだ。だから、あの床の模様について確認した。あれは今、アニュザッサの王都で流行っている宗教の印《シンボル》らしいよ」

「……最近流行りのですか。なるほど。それなら私が知らなかったのも仕方ありませんね。ありがとうございます、お師匠様（仮）。手がかりがわかれば、また新しい情報も紐付いて手に入れることができますので」

すぐ後ろから声が聞こえてきた。サイフォンだ。

「お、おわ、おわわ、お前、一体いつから？」

そうやって驚いているとサイフォンが淡々と答えてくる。

「さっきからずっといました。存在の濃い私が、あえて存在感を薄くしていました」

「なぜそんなことを」

「それはあの女とお師匠様（仮）の話を盗み聞きするためです」

「おい。今、盗み聞きって言ったよな。まじかよ」

低い声で突っ込むとファナが言葉を付け足してくる。

「大丈夫だよ、ボクも盗み聞きしていたから」

「いやいやいや、おいおいおい」

駄目じゃないか。

致命的なことは話していなかっただろうか。

俺がヨスガとの会話を思い返していると、ファナが両手を広げて残念そうに首を横に振った。

「でも残念。わかったことと言えば、過去にサスケ様があの女性と親しくしていたことくらい？　もうちょっと核心的なことがわかるかなって思ったんだけど。肝・心・な・と・こ・ろ・は具体的に話・さ・な・い・ん・だ・も・ん・。あの女性、盗み聞きされている可能性も考えて話していたのかな」

そうか。それならよかった。ヨスガが配慮してくれていたんだな。あとで彼女に会ったときにお礼を言わなければ。

「もう俺と彼女の話はいいだろ。模様の情報を手に入れたんだ。マスルール様の失踪も気になるし、今後、どう動くべきか考えよう」

そう俺が言うとサイフォンが答えた。

「まずは依頼を優先すべきでしょう。我が師のことは気にかかりますが……依頼を放り投げてまで捜してほしいというような方ではないはず」

「……たしかに、そうだね。それにしても新興宗教ね……」

浮かない顔をしながらもファナは頷いた。

「被害に遭った村に行ってみないか。特殊な魔物の仕業なら、そいつの正体を探った方がいいと思うんだ」

俺の提案に二人は頷いたのだった。

＊＊＊

俺たちは、魔物の襲撃を二度受けた村で無残な光景を目にした。

瓦礫になった家屋に、穴だらけの地面。

生気の失せた顔で子どもや老人たちがぼんやりと突っ立っている。およそ人の住めるような場所ではない。大人の姿が見えないのはなぜだろう。

しかも、こんな状態になるくらい魔物に襲われたというのに、朝まで誰も気付かないと言うが、そんなことがありえるのだろうか。

俺は傍にいた子どもに話を聞いてみることにした。

「一体ここで何があったんだ？」

子どもはゆっくりと顔を上げただけで何も答えようとしない。サイフォンやファナも生き残っている村人に話を聞いて回ったが成果はなかった。

「……駄目ですね。何もわからないようです」

サイフォンが俺に告げてくる。

「みんな同じようなことを言っているよ。朝、起きたら、ひどい有様だったたって。一体、何が起こったのかわからないって。大人たちは衰弱して意識が戻らなくて、無事なのは子どもや老人ばかりだって」

ファナもあらかた情報を聞き終えたようだ。俺たちに近づきながら声をかけてくる。

「魔物の仕業ではなく何かの疫病ではないかと考えている村人が多いようです。……ただ、これが魔物の仕業ならば早く治療を……」

サイフォンはそこで口ごもった。彼の言おうとした意味はわかる。魔物が原因なら、早く魔物にあわせた治療をしないと命が危うい。

「誰にも知られることなく村を崩壊できるような魔物……そんな奴いたかなぁ」

首を捻りながら考えてみたものの、すぐに出てこない。一度目の召喚のときに、魔王を倒すためにいろいろな魔物を相手にしたが、直ぐに倒してしまったし、いちいち種類までは覚えていなかった。

「お師匠様（仮）これを」

そうサイフォンに呼びかけられて俺は彼の傍に近づく。

彼は崩れ落ちた家屋で何やら木材などを調べていたようだ。

彼の指さした先には崩れ落ちた木材があった。それに触れると汚い粘液が付着していた。

「なんだ、これ？」

周囲を見ると、あちこちに同じような粘液が飛び散っている。

「魔物の粘液かと。自然にできたものとは思えません」

サイフォンが俺の問いに答える。ついてきたファナも粘液を確認して、慌てて村の中を見て回ったようだ。しばらくして再び俺たちに駆けよってくる。

「同じような粘液、村のあちこちにあるよ。魔物のせいなのかな……？」

不安げにファナが聞いてくる。

「粘液状の魔物なら種類を絞ることができる。だけど、こんな広い範囲を巻き添えにするような魔物、いたかな……」

俺は考え込みながらファナに顔を向けた。

「たしかファナさんは毒を使って魔物と戦っていたよな。もしや毒に詳しかったりするんじゃないか？　もしそうなら粘液の中に毒物が混入しているか、確認できるか？」

「できるよ」

「もし毒の種類がわかったら、その毒を持つ魔物を探り当ててほしいんだ」

魔物によって持っている毒物の種類は異なる。ゆえに毒物がわかれば魔物の正体もわかるのではと考えたのだ。

そこまで考えて俺は、思わず口元を緩めた。

似たようなことを以前、魔王を倒すために冒険したときも行ったことがある。魔物を倒すには、その正体がわかった方が弱点をついて戦いやすい。ヨスガたちと戦ったことが今も経験として生きている。

「さすが、お師匠様（仮）。着眼点を変えて解決策を考案する――暗殺者の技量ではありませんが、なかなか冴えていますね」

サイフォンが感心したようにウンウンと頷いている。

「突っ込むな」

「気分を害されましたか。これでも褒めているのですが」

まったく褒めているように聞こえない。余計な一言が多すぎる。

だが、なんとなくこいつのことがわかってきたぞ。こいつは素で俺のことを褒めているが、同時に俺に隠密者としての素質がないことも見抜いているのだ。

こいつが認めているのは俺の勇者としての強さのみ。この強さは隠密者には関係ないから、これからも俺の才能のなさを容赦なく突っ込んでくるだろう。

げんなりしている俺の横で、ファナが俺の提案に「すごい！」と無邪気に褒め称えてくれる。

ああ、その反応はありがたい。

「わかった。調べてみるね。もし毒物があれば、明日には何なのかわかると思うよ。期待していてね、サスケ様！」

「何か出てくるといいよな」

「うん！」

目を輝かせながらファナが大きく頷いた。

「その他に気付いたことといえば……子どもや老人に被害が出ていないのが気になりますね。年齢や体力などが関係しているのかもしれません」

「なるほどな。こういう言い方をすると村人たちには申し訳ないが、体力のあるものしか狙わないのかもしれないな」

そこまで言ったところで俺は、遠くの方で何か騒ぎが起こっていることに気付いた。

俺たちは急いで騒ぎのもとに向かった。

＊＊＊

騒ぎのもとでは、村の老人たちがヨスガたちを囲んで罵声を浴びせていた。

「勇者ギルドは足を引っ張ってばかりじゃないか！」

「偉そうにして！　何も防げちゃいない！」

「村がこんなふうになったのはお前たちのせいだ！」

「お前たちが早く来ていたら、こんなに襲われることはなかったのに！」

「あの子の意識を戻して！　ずっと眠ったままなのよ！」

こんなひどいことを言われて、ヨスガは大丈夫なのだろうか。

一見、ヨスガは平然な顔をしていたが、ぎゅっと握りしめた拳はわずかに震えている。

平気なわけがない。だが気丈な彼女が不安や恐怖を表に出すわけもなかった。

「早く来てくれるって言ったのに！　嘘だらけだ！　お前！　魔王にとどめをさした勇者の一人らしいが、それも大嘘なんじゃないか！」

ヨスガの両目が大きく見開かれる。

彼女は何度か口を開きかけていたが――その度に村人の罵声によって封じられていた。

ヨスガにとって俺たちと一緒に魔王を倒した思い出は大切なものだったはずだ。あの時とは違うとはいえ、あんな心ない言葉を言われ、ショックを受けているようだ。

見ていられない。

だが関係ない俺がヨスガの前に飛び出したところで彼女の立場が悪くなるだけだろう。それがわかっているからこそ、俺はどうしたらいいかわからなかった。

「なるほど、さっきの勇者ギルドの女ですね。彼女は他の勇者ギルドの尻ぬぐいに来ただけなのに、村人にはそんなことは関係ないのでしょうな」

そうなのかもしれないが、こうなったのは彼女のせいではない。

そのとき、俺は、ふと視線を感じた。

ファナがじっと俺を見つめていた。

その双眸には、以前、俺に「どうして諦めないの？」と問いかけたときと同じ感情が込められていた。
・・・そうだ、諦めたく・・・・・・ない。かつての仲間が、自分のせいでないのにひどいことを言われている状況を、俺はそのままにしたくはない。
周りを見ると都合よく、村のあちこちは崩壊している。ならば少しくらい爆発で周囲が巻き込まれても問題は少ないだろう。

俺は指先に力を込めた。

ドゴンッ！

少し離れた空で大きな爆発音が鳴り響いた。地響きのような振動に村人たちがどよめく。

「爆発だ！　なんだ！」

「うわあ！　また魔物が襲いかかってきたのか！」

村人たちは「ヒィィ」と悲鳴を上げながら、転げ回るように無様に逃げていく。

ヨスガはぽかんとした顔をしていたが、すぐに我に返ると「魔物のせいかもしれないわ、早く調べて！」と仲間に指示を出している。

しまった！　気を逸らすつもりが、やりすぎてしまったようだ。

ふとヨスガを見ると、彼女が俺を見つけたらしく驚いたような顔でこちらを眺めている。

「俺の仕業じゃないよ」と口にしないで顔の前で手を振る。どうか察してほしい。そこは空気を読んでほしい。俺の気持ちが伝わればいいのだが。

やがてヨスガは、むっとするような顔をしたが、すぐに俺から顔を背けた。仲間たちとともに爆発音のあったところに向かっていく。

その様子を見た俺はほっと安堵する。どうにかヨスガを助けることができたようだ。

しかし今のままでは村人たちの不満も限界だ。

いつ、どこで襲われるかわからない。どこに逃げていいかもわからない。どこにいても絶望だという思いに村人たちは苛まれている。その結果、不満のはけ口としてヨスガに感情をぶつけたのだ。

このままではよくない。早く魔物の正体を暴いて倒す必要があると思っていると、また、視線を感じた。

ファナが、じっと俺を見つめている。

「なんだ？」と尋ねたが、ファナは答えずに俺に顔を向けていた。

＊＊＊

その夜、俺は一人でたき火をしながら、村の守備に当たっていた。

椅子に座って空を眺める。綺麗な星空だ。

東京にいたときには見られなかった宝石のような星の輝きを見ていると、自分の置かれている状況を忘れてしまう。見とれてしまうのだ。

サイフォンは周囲を探索しているらしく、ここにはいない。ヨスガたちも他の村の守備に回っているようだ。魔物退治ということなら俺一人でも何とかなる。

ファナはというと、毒物の分析を行っているはずだったが——

「もう終わったのか？」

疲れたような顔をした彼女が俺に近づいてきたので声をかけた。

「終わってないけど目処はついたよ。ある程度は絞り込めたから、気分転換にサスケ様とお話したいと思ったんだ。隣に座っていいのかな」

そう言う彼女は、壊れかけの椅子を抱えていた。話す気満々の彼女に「駄目だ」なんて言えない。

ファナは「よいしょ」と可愛げな声を上げながら椅子に座る。

「サスケ様はすごく自然に人を助けようとするんだね。ボクはびっくりしちゃったよ」

「急になんだよ」

「ヨスガさんのことだよ。彼女を助けたのはサスケ様だよね？　あの状況で彼女を助けても、何も良いことがないのに。何の迷いもなく……」

「いや、迷いはあったよ。どうしていいかわからなかったからな」

俺がそう答えると、ファナは苦笑しながら首を横に振る。

「サスケ様が迷ったのは手段について、だよね？　助けることは決めていた。少なくともボクには、そう見えたよ」

そこまで言ってファナは、すっと真面目な顔になる。

「……たしかにサイフォンさんの言う通り、サスケ様には暗殺者の素質がない」

「うん、何度も言われているからだいぶ慣れてきたぞ」

「なにそれ。意味わかんないかな」

ファナは息を吐き出しながら言葉を続ける。

「暗殺者だったら、誰か大事な人がひどいことをされていても、何も感じちゃいけないんだと思う。なによりも任務遂行が大事だし、そもそも暗殺者は正義の味方ではないし」

「いやいや別に、俺は正義の味方になりたいわけじゃない」

そう言うとファナはくすりと肩を揺らして笑った。

「でも、サスケ様は無自覚に正義の味方になろうとしているよ」

動揺している俺の鼻をファナは小突いてくる。

痛い、と顔をしかめていると、ファナが空を仰ぎながら口を開いた。

「……知ってる？　どうして我が師が隠密者という職業を作ろうとしたのか」

「マスルール様は暗殺教国ギズラから亡命したんだろ。ギズラの考えについていけなかったんじゃないのか」

そう俺が言うとファナは頬を膨らませる。

「もう、夢もロマンもないいんだから、サスケ様は。確かにそれもあるけど、当然それだけじゃないし」

彼女は立ち上がって空に浮かぶ綺麗な星を指さした。

「我が師はね、暗殺者でありながら正義の味方になりたいんだって。あーんなにキラキラしたお星様のように、誰からも頼られるような存在になりたいんだって！　すごいよね」

その言葉に驚いた俺は、どう反応していいかわからない。ファナはそんな俺を見てヤレヤレというような仕草をした。

「我が師は、血と闇と穢れに満ちた暗殺者というものに、光を見いだしたいんだ」

ファナは腕を組みながら難しそうな顔をして言葉を続ける。

「でも無理だよ、そんなのって思うよね。だって暗殺者はギズラに根付いている教団の危険な教えから産まれたもの。人を殺したり奪ったりすることが目的なんだもの。

誰かを傷つけて当たり前なのに、我が師はそれを誰かを救うために使おうとしているんだよ。

ボ・ク・は、そ・ん・な・の・無・理・だ・と・思・っ・て・い・る。ボクだけじゃない、多分、誰もができないって考えるくらい難しいことじゃないかな。でも少なくともボクは、そんな我が師の強くて儚い気持ちに眩さを見いだしたんだよ――できないことを諦めないでやろうとする気持ち、尊いよね」

――どうして一生懸命に頑張ろうとするのかな。叶えられない夢かもしれないのに！

――できないことを諦めないでやろうとする気持ち、尊いよね

そこで俺は、ようやく彼女が俺に「尊い」なんて言葉をかけてくるのか理解した。

ファナは優しく笑いながら言う。

「ボクの気持ちの話になるんだけど、無理だ、辛いと思っても、諦めないで頑張るだけで、なんだか心がポカポカしてくるんだ。それと同じくらいに、頑張る誰かを見守るのも心が温かくなるの。……まるで陽だまりの中にいるみたいで……たとえ辛い状況でも、立ち止まらずに進んでみようという活力に変えられる。ボクは、その気持ちを我が師から教わったんだ」

声を弾ませて満面の笑みを浮かべ、再び空を見上げた。

「だからボクは我が師についていこうと決めたんだよ」

その声には強い力が籠もっていた。

ファナの透明感あふれる声音に思わず聞き惚れてしまう。

そんな俺を彼女は真っ直ぐ見つめた。

「どうして我が師がサスケ様を弟子見習いにしたのか、ボクにはわかるよ。だってサスケ様の

心は隠密者にふさわしいから」

　ファナは柔らかく微笑みかけてくる。その笑顔は満天の星空に負けないくらい可憐だった。

「サスケ様、ボクはね、君が立派な隠密者になれると思っているよ。だって心が正義の味方なんだもの。たしかに技量や素質は駄目駄目かもしれないけれど、人を救いたいと諦めないで、ちゃんと突き進む強い気持ちは、隠密者として何よりも大切だと思うから。絶対になれるよ、大丈夫だよ」

「それは褒めているのか？」

　むずがゆい気持ちになりながらも、俺はファナを直視できなくて彼女から顔を背ける。

「もちろん。だからへこたれないでね、サスケ様。ボクは応援しているからね」

「ありがとう」

　そうとしか言えない。

　これ以上、彼女に話をさせていると照れて死んでしまいそうだ。それは嫌なので、こちらから話題を変えることにした。

「ファナさんは、本当にマスルール様を尊敬しているんだな。そう言えば、いつマスルール様に会ったんだ？　昔からの知り合いのように思えるけど」

　そう言うとファナの表情が曇る。まずい、繊細なところに突っ込んでしまったか。

「い、いや、話したくなければ」

　そう言うとファナは少しだけ笑った。

「ううん、大丈夫。……実はボクもギズラの出身なんだ。暗殺者として育てられてきたの。だけど、こういう女子らしい容姿だから、ボクは嫌がったんだけど無理矢理に房中術を仕込まれそうになった……そこを我が師が助けてくれたんだ」

再び椅子に座ると俯きながら言う。

「その頃のボクには夢なんてなかった。家族なんて存在すら知らなかったし、毎日が辛かった。というか辛いという気持ちすらわからなくて、何も感じないし感じようともしなかった。ずっと自分の殻に閉じこもっていたんだ。何が冷たいのか、何が痛いのか、どこが辛いのか、何もわからないまま日々を過ごしていたの。せっかく我が師が助けてくれたのに、ボクの心には、ずっと気持ちの悪い、黒い泥がへばりついていたんだよ。……それはまるで、ボク自身の動きを封じるかのように。ボクは、ボク自身の暗い気持ちで身動きを取れないようにしていたんだよ……たぶんね」

睫毛を震わせながら彼女は言葉を続ける。

「何もかも諦めていたんだ。どうせボクには何もないって。何も感じることもできないって。孤児だったボクたちは暗殺者として生きるしかなかったんだけど、ボクの心は耐えられなかった。こんな弱いボクでは、きっと何もできない。これから何も叶えることができないって。ずっと、そう想いながら俯いて過ごしていたの。

……だけど、いつしか顔を上げることができた。我が師と一緒にいたら未来を感じることができるようになったの。我が師のおかげだよ」

「わかるよ。仲間というか、一緒に歩んでくれる人がいるだけで心強いよな」

俺も、この世界に召喚されたばかりの頃は一人だったけど、ヨスガたち仲間との出会いで助けられたものだ。

「我が師の背中はとても眩しくて頼もしく映ったんだ。あんな人になりたい。ボクはそう思ったんだ」

そう言う彼女の言葉には共感できた。

「そして同じようなことを感じた人に、もう一度、会えた」

ファナは顔を上げて俺に笑いかけてくる。

「それが君だよ。サスケ様」

無邪気に澄んだ目で言われると恥ずかしくなってしまう。

「君は二つ目の光。ボクの希望なんだ。だから一緒についていきたいって思ったの」

「いやいやいや、そんな光なんて呼べるものじゃない。俺は……」

「ねえ、前も聞いたけど、どうしてサスケ様は我が師の弟子になろうと思ったのかな？　隠密者の道を歩もうとしているのかな？」

「それは……」

大したきっかけではない。人に話せるようなものではない。でも、彼女の過去を聞いてしまったのだから、彼女には話してもいいのかもしれない。

何を口にしようか迷っていると、ファナが空気を読んだのか立ち上がった。

ああ、どこかに行ってしまう。思わず俺の口が開いて言葉を紡いだ。

「俺、昔、死ぬかもしれない目にあって、それを助けてくれたのが暗殺者だったんだ。暗殺者って悪者なのに助けられて、そのとき、すごく嬉しくて、その人は名前も名乗らずにどこかに行ってしまったけど……俺も、あんな人になりたいって思ったんだ。

……俺、その後もいろいろ辛いことがあったけど、そのときの思い出にいつも助けられていたんだ。だから、一見悪者に見えても誰かを助けられる存在になりたいって……。憧れの人に近づくには、一番凄い暗殺者になれればいいんじゃないかって。すごく単純だし、恥ずかしくて言えなかったって話だ」

「なんだか私と同じみたいだね。嬉しいな」

ファナは本当に嬉しそうに頬を緩めながら、そう言ってくれた。

「……さて、そろそろ分析の結果が出る頃かな。ちょっと確認してくるね」

にこーっと笑ったファナは近くの小屋に戻っていく。


俺はこの世界に初めて来たときのことを思い出していた。

俺にも導いてくれる光はあった。この世界に来たときに、俺のことを助けてくれた人がいた。

誰だったかは、ちゃんと顔を見なかったけれど。

勇者として魔物や敵を倒すために戦っていたとき、心を押し潰されそうになると、その光のことを思い出し、がむしゃらに目の前の事件を解決していった。

何もかも一生懸命に進むしかなかった。そんな存在は勇者とはほど遠いだろう。

魔王を倒したときだって、世界を救ったという気持ちより、元の世界に帰れるだろうという安堵感の方が強かった。いつでも俺の心の底には弱さが、あったのだ。

弱さに浸ることではなく、未来に目を向けてひたむきに頑張れたのは、あの出会いがあったからだった。

思いを巡らせていると、森がざわついた。

嫌な予感がして周囲の気配を探り、その正体に気付いた。

「サイフォン、どうした」

サイフォンは俺の横に跪きながら言う。

「次に襲われる村がわかったかもしれません」

「なんだって？　本当か？」

俺の驚いた声にサイフォンが深く頷く。

「一つだけ、どうしても入ることのできない村があったんです」

「入ることのできない村？　結界か何かか？　たしか、そういう術を使う魔法使いや魔物もいたはずだが……」

「いいえ、そういう類ではありません。何か強く弾力のあるものに遮られて進めないのです。障害物があると表現した方がいいかと」

妙な話をしてくるサイフォンの情報に思わず眉根を寄せる。

障害物があるくらいで、彼が村に入れないわけがない。得体のしれない物が彼を邪魔しているのだろうか。

「サスケ様！　毒物が何なのかわかったよ」

サイフォンと話しているとファナが慌てた様子で戻ってきた。

「……って、サイフォンさん？　ど、どうしたの！　何かあったのかな」

彼の放つ違和感に気付いたのだろう、ファナは険しい顔で尋ねる。

「フン、貴様よりも先に魔物の手がかりを見つけたぞ」

「え、えええっ、なに、ボクたち、いつの間にか勝負してたのかな？　っていうか、魔物の手がかりなら、ボクの方が、ものすごいやつを見つけたんだから！　キミには負けないぞ！」

彼女は頬を膨らませながらサイフォンを一瞥し、俺に顔を向けた。

「サスケ様……粘液に二種類の毒物があったんだ。一つは未知の毒物だったけど、もう一つは麻痺性の毒物が入っていた。そしてボクは、この毒を使う魔物をよく知っているよ」

自信満々に胸を張りながら彼女は言葉を続ける。

「だから、つまり……わかったんだよ、魔物の正体が！」

「待ってください。……私も障害物から魔物の正体に推測がついています。私の答えの方が確実かと」

「ぼ、ボクの方だよ！」

「いいえ、部屋に閉じこもっていた貴様より、自分の足で調べてきた私の方が正しいに決まっ

ている」

ファナとサイフォンが言い争っている。被害がこれ以上拡大しないためにも、無駄に時間を使っている暇はない。

「いやいやいや、どちらでもいいから、俺は！」

そう俺が言うとファナが真面目な顔で答えた。

「――スライム、それが魔物の正体だよ」

＊＊＊

スライムは、この世界においても最弱な魔物と言われている。

見た目はゲームに出てくるスライムと同じで、弾力性のある透明な粘液でできた魔物だ。膝下くらいの大きさで、ぴょんぴょんと跳ね回って動くのも特徴だ。

ところが今、俺たちの前にいるスライムはとんでもない大きさで、透明だった。

「まさか、既にこの村は、巨大なスライムに取り込まれてしまっているってことかよ」

俺は腕を伸ばして村の入口に立っている看板を触ろうとしたが、何かに阻まれているようで触れることができない。

「透明すぎて、わからなかったよ」

ファナも俺と同じようなことを口にしながら顔をしかめた。

「よくサイフォンは気付いたな」

「あれを見てください」

そう言うサイフォンは空を指差した。そこで俺は空中に浮かぶ二つの巨大な目玉に気付く。

「もしかして、あれはスライムの……」

「ええ、奴の目です。あれに気付いたから魔物の正体を知ったのです」

サイフォンは疲れたように息を吐き出しながら、言葉を続ける。

「そして今の私では手出しができないことも」

「サーベルで既に試したってことか？」

俺の問いに彼は頷く。

「ええ、傷一つつけることはできませんでした」

ファナが腕を組みながら呟くように言った。

「取り込まれた者たちは、麻痺性の毒物で昏睡状態になった。だから自分に何が起きたのかわからないんじゃないかな？」

「ということは、取り込まれた人たちが衰弱したのは……」

俺の言葉にサイフォンが重く頷いた。

「生命力を吸収されたのでしょうね。老人や子どもが無事だったのは、体重や脂肪が関係しているのかもしれません。美味しそうな獲物だけを食べて、あとは残したとか」

「わからないけれど……ひどい話」

ファナが辛そうに顔をしかめた。

「だ、大丈夫だ。死んだわけじゃない。生命力が吸い取られて弱っているだけなら、その生命力が回復すれば何とかなるんじゃないか？」

この世界に点滴などは存在しないかもしれないが、魔法のようなものはあるのだ。

そんな俺の問いにファナが頷く。

「勇者ギルドには、そういう治療を得意とした者たちがいるはずだから大丈夫だよ。ならば早く勇者ギルドと連携した方がいいね。それにしても……」

そこで彼女は村の方に顔を向けた。

「なぜ、こんな巨大な魔物がいて誰も気付かなかったのかな。いくら透明だといっても、動けばその痕跡が残るはずだよ」

ファナの怪訝そうな顔を見ながら俺は、拳を強く握りしめて唇を震わせた。

「……普段は小さな魔物でも夜には巨大化する。魔王の支配下にある魔物に、よく見られる特徴だ」

「そうなんだ？　サスケ様はよく知っているね。過去に魔王支配下の魔物たちと戦ったことがあるのかな？」

「ない！」

油断して知識を洩らしてしまった。

慌てふためく俺にサイフォンが容赦なく突っ込む。

「素晴らしい否定ぶり。逆に怪しいです、お師匠様（仮）」

「いやいやいや、怪しくないって。とにかく魔物が普通の状態じゃない。魔王は倒したはずなのに、おかしいっての」

「魔王が復活していると。そう言いたいのですか？」

「いや、それはどうだろう」

たしかに魔王はこの手で倒した。しかし、魔物たちの異変は魔王の復活を示している。

魔王がいたときに感じた、どんよりとした重苦しい臭気は魔王を倒した瞬間に消え去った。今もその臭気はないので、俺は今も魔王がいない証拠だと思っている。

「とにかく夜までにスライムを何とかしないと、取り込まれた人たちが危ない」

俺が力を出せば、スライムを部分的に溶かすことができそうな気もするが、取り込まれた大勢の村人を避けて溶かす自信はない。

俺は少し考えてから言った。

「この前の勇者ギルドを呼ぼう。俺は、この状況をどうにかできる人間を一人知っている」

その言葉に二人が目を見開いた。

＊＊＊

「……あのヨスガさんなら巨大スライムをどうにかできると思う。彼女を呼ぼう。それで解決する。実はあのヨスガさんの大剣は破邪の大剣なんだ。あれで魔物をあっという間に倒せる」

得意げに言った俺にファナがポンと手を打ちながら言った。

「なるほど！　でも、まさか、そのまま普通に呼ぶ気じゃないよね？」

なぜ、彼女はそのようなことを言うのだろう。すぐにみんなが助かるのであれば、それでよいではないか。

首を傾げていると、ファナが腕を組んで少しだけ呆れたように言う。

「だってボクたち、隠密者だよ。今回の任務は、我が師から託されたものでもあるし、普通に他の人に任務を押しつけて終わったら、我が師に怒られちゃうよ」

「我々の仕事だとわかるように。少なくとも勇者ギルドに、隠密者の手助けがあったのだとわかるようにすべきかと」

サイフォンがファナの言葉を補足する。

「つまり？」

「つまり勇者ギルドの者たちに貸しを作るってことです」

物わかりの悪いと言わんばかりの目でサイフォンが見つめてくる。

「甘いのですよ、お師匠様（仮）は。馬鹿正直なところこそが強さの秘訣なので、私は好ましく受け取りますが、その愚直さは隠密者としては、どうかと」

言いたい放題だ。俺への配慮など一つも感じられないが正論ではある。

だから別に悪い気持ちは抱かないが、辛辣な物言いは控えてほしい。

「はっきり言うな、お前」

「当然です。お師匠様（仮）のことを思ってこそ。私の全てはお師匠様（仮）のため、これぞ誠意です」

　そう言うサイフォンの顔はなぜか満足げだ。

「やだ、この人気持ち悪い」

　ファナの正直な感想だ。ドン引きした眼差しをサイフォンに向けている。

「なんだと、貴様。お師匠様（仮）の寝ているところに勝手に忍び込んで、間近で仮面をマジマジと眺めていた変態に言われたくないわ」

　とんでもないことをバラされて顔を真っ赤にしたファナがサイフォンに噛みつくようにして言った。

「へ、変態じゃないもん。欲望のまま、素直に従っただけだもん」

　やはり欲望じゃないか。あのときは綺麗な表現でごまかしていたが嘘だったようだ。どうかと思う。

　俺も正直、勝手に寝台に潜り込まれて驚いてはいたが、たった今、知りたくないことまで知ってしまい、もうどう反応していいかわからない。

　二人は険しい顔をしたまま向き合っている。険悪な雰囲気だったが、俺はあえて静観することにした。というか、あまり関わり合いたくない。俺が勝手に抱いている理想の仲間のイメージとはほど遠い。

「っていうか、丁寧語で接したり、ため口で貶したり、キミってば感情の昂ぶりを、ころころ変えてくるよね。ボク、いまだにキミとの接し方がわからないんだけど」

頬を膨らませたファナが、ここぞとばかりに彼への不満を口にする。

だがサイフォンは何とも感じていないようだ。飄々とした表情で返答した。

「わからない？　簡単な話だろう。私は貴様には興味がない。だから適当なだけだ」

「うっわ、ひどい。ボクもキミに興味ないから別にいいけど、こんな適当にひどいことを言う人、初めて見た」

「お互い興味がないなら、ちょうどいいのでは」

「ある意味、理想の関係なのかな」

サイフォンとファナはフムフムと納得した様子を見せていた。

「おい！」

静観を決め込んでいたが、二人の会話に思わず突っ込んでしまった。

やめてほしい。そこに落ち着かないでほしい。

もっと仲良くしてほしいのだ。

俺が抱く理想的な仲間の通りに振る舞ってほしいとまでは言わない。

だけど、お互い興味がないから適当に接するという無関心さは、ある意味嫌いという感情よりもよくないはずだ。

俺が心中で悶えていると、ファナとの会話に飽きたのかサイフォンが俺に顔を向けた。

「……とにかく、お師匠様（仮）、我々の目的は隠密者を誰にでも頼られるような安心感あふれる存在にすることでもあります。ただ事件を解決するために勇者ギルドのヨスガギルド長を呼べばよいという話ではないのです。それでは勇者ギルドの株を上げるだけで我々に旨みはありません」

急に話題を戻すな。こっちがびっくりしてしまう。

「わ、わかっている。じゃあ、こうしよう」

俺はヨスガが村人たちから罵声を浴びせられていたことを思い出していた。

「彼女には自分でスライムに気付いてもらう必要があると思うんだ」

不思議そうな顔をする二人に言葉を続けた。

「彼女がここに来たのには理由がある。……今、勇者ギルドの評判は悪くなりつつある。それを彼女はどうにかしようとしているし、さらに困っている人を助けたいと思っている……だけど、うまくいっていないようなんだ」

「つまり主体的に彼女に解決してもらうってこと？　ボクたちは裏方に回るってことかな」

ファナが顎に指を添え、首を傾げながら言う。

「ですからさきほど私が提案したように、今回は、直接解決しないで勇者ギルドに貸しを作るということですね」

サイフォンが納得したように返答した。

貸し借りなどなくても、彼女であれば俺が困っていれば、協力してくれるだろう。

だが、今の俺は隠密者なのだ。隠密者らしく行動する必要がある。

「有名な勇者ギルドとツテを作っておくのは悪いことじゃないしね。今、ツテは我が師に頼っているけど、ボクたちもツテはあった方がいいもんね……」

ファナはニコニコと嬉しそうに俺の言葉に同意したのだった。

＊＊＊

村周囲の森で、松明を手にして見回りをしていたヨスガたちのもとに、何人もの子どもたちが駆けよってきた。

ヨスガは不審げな顔で子どもたちを見下ろしながら告げる。

「こんな夜遅くにどうしたの？　早く家に帰りなさい。危ないわ」

ヨスガの後ろに控えているラタや勇者ギルドの仲間は、子どもたちに警戒している。

「なんか変なのがいるんだ！」

「怖くなったから人を捜していたの！」

「光が見えたから、ここまで来たんだ！　あれが変なんだ！」

子どもたちは空を指さした。

その途端、ドンと轟音とともに爆発が起こる。明滅する白い光と焦げたような臭いに、ヨスガは目を見開いて音のした方に顔を向ける。

「爆発ですって？　一体、なにが？」

そこでヨスガは口を小さく開けた。

「……あれは……」

不快げに顔をしかめるヨスガに対して、ラタが慌てた様子で話しかける。

「あ、あわわ、あっちには村が……」

「なんですって？　あ、そういえば……！　なるほど、そういうことね」

ヨスガは腰に手をあてて意味ありげに唇を緩める。

「村が危ないわ。もしかしたら魔物の襲撃にあっているのかもしれない」

ヨスガは腰をかがめ、子どもたちと視線を合わせながら言った。

「教えてくれて、ありがとう。……一人は子どもたちを安全な場所へ。残りのみんなは私についてきなさい」

そして立ち上がった彼女は振り返りながら叫ぶ。

「いくわよ！」

ヨスガは後ろの仲間たちを引き連れて村の方に向かっていったのだ。

＊＊＊

——俺たちはヨスガたちを大木の太い枝上から監視していた。

「うまくいったようだな」

ほうと安堵の息をついた俺にサイフォンは、首を傾げながら言った。

「あれで我々の仕業だとわかるのですか？」

「実はヨスガさんは昔の知り合いなんだ」

そう答えた俺にサイフォンとファナがウンウンと頷きながら返答する。

「知っております」

「うん、知ってる」

「そうか」

こういうときだけ仲が良いな。

そうだもんな、お前たち、仲良く盗み聞きしていたもんな。

「昔、少し爆発に特徴を加えて、合図に使っていたことがあったんだ。今回は、それを利用してみた。多分、あの爆発を見れば俺の仕業だとわかるから……」

自信なさげに俺が言うと、サイフォンが感心したように言った。

「なるほど。その合図で遠回しに我々が絡んでいることを、彼女に知らせているわけですか」

「このままヨスガさんが巨大スライムに気付いてくれたら、ミッション終了かな？」

ファナは額に手をあてて目を細め、遠くにいるヨスガたちの姿を確認しているようだ。

「私たちじゃなくて、あくまで子どもたちの通報で村のピンチに気付いたわけだから、ヨスガさん自身の面目が立つわけだし、お互い良いとこどりだね」

「……お金で動いてくれる子どもたちで助かりました」

ファナの言葉にサイフォンが顎を撫でながら言う。そんな彼の考えにファナは心配そうに返事した。

「問題は子どもにお願いすると、意外とすぐに口を滑らしちゃうんだよね。そこをきちんと口止めしておかないと。うーん、でも難しいかな、どうしたらいいのかな」

「そこは俺に任せてくれ」

俺の言葉にファナが驚き、目を見開いている。

「……なんだよ、その反応」

「ううん、積極的にサスケ様が協力しようとしてくれるのは嬉しいけど、大丈夫かなって？」

信用されていない。目が笑っていない。本気で心配されている。

「さすがの俺も子どもをあやすくらいなら、できるぞ」

「うーん、じゃあ、お任せしようかな」

その言葉に頷いて、すぐに俺は大木から降りた。

そして近隣の村まで行き、勇者ギルドと別れた子どもたちに駆けよる。

子どもたちを目の前にして、俺は改めて周囲を見渡した。

ファナたちのいる大木からは、こちらがよく見えないだろう。周りには子どもたち以外に人の気配はない。

「さっきはありがとう」

俺がそう言うと子どもたちは、まだ何か貰えるのかと期待に満ちた顔で目を輝かせる。

そこで俺は「ご褒美はないけど、お礼に一つ、俺の秘密を教えてやるよ」と告げて仮面を外した。

「俺の顔、見覚えあるか？」

そう言うと子どもたちは、嬉しそうに頬を緩ませて大きく頷いた。

「本で見たことある！」

「私は絵で見た！」

「勇者様だ！　お父さんとお母さんに聞いたことがある！」

声を弾ませる子どもたちに対して俺は、唇に指を当ててお願いをする。

「このことは内緒だぞ」

「うん！」

興奮する子どもたちは、最初に俺たちに頼まれたことを忘れてしまったようだ。

再び俺は仮面で顔を隠す。隠し事に隠し事を重ねると、前の隠し事には興味を失ってしまう。子どもたちの性質を利用したのだ。俺のことがバレるのは、それはそれで困るけど、「魔王を倒した勇者を見た！」という言葉を子どもが言ったところで、本気にする大人は少ないだろう。

しかし、思ったより俺は有名になりすぎている気がするが、まあいい。

そのまま俺はファナたちのいる大木に戻り、そこからヨスガたちの様子を遠くから見守ることにした。

＊＊＊

ヨスガたちは、巨大スライムの存在と、村ごとスライムに取り込まれていることに気付いたようだ。

蒼白な顔で「どうしたものか」と迷った様子を見せる仲間たちとは対照的に、ヨスガは冷静な表情で巨大スライムの目玉を見上げていた。

ラタが杖を振り上げて呪文を唱えると、杖から白い光が発せられる。

神官は、自らの素質と信仰心、そして杖の力を使って、害する存在を祓える。でも、そうはならなかった。

「きゃっ、わ、はわ、はわ……」

杖が発した白い光はスライムに吸い込まれたが、そのまま何も起きなかった。

ラタは腰を抜かしたかのように、その場に座り込む。

「大丈夫、ラタ！」

ヨスガは彼女の肩を抱きかかえて心配そうに声をかけたが、ラタは首を横に振りながら言う。

「ご、ごめんなさい、祓うことができない……」

ラタは片手で顔を覆い、自分を責めるかのように呟いていた。

「ど、どうして、なんで……こんなのじゃ、私、ヨスガ様のお役に立てない……！」

「いいのよ、あとは私がするから」

ヨスガはそう言うと、すっと立ち上がった。

艶やかな金色の髪をバサリとかき上げ、背負った大剣を抜く。

彼女の身長よりも大きい大剣を、平然とした顔で振りかざしてゆく。

満天の星空に大剣を掲げたヨスガは、巨大スライムを真正面から見据えた。

「私が来たからには何も心配することないわ」

彼女の持つ大剣に星のような光が集まり、やがて大剣から太陽のように瞬く眩い光が放たれる。温かみのある白い光に何もかもが包まれていく。

「何もかも一瞬で終わらせるわ。だから、みんな私に任せて」

透き通るようなヨスガの声が響き渡っていく。

そして彼女は大剣を振り下ろし、スライムに突き刺した。すると大剣から放たれた光がスライムの中で膨れあがるようにして広がってゆく。

白い爆発という表現が相応しい。スライムの体内に浄化する光が溢れていく。

「は、はわ……」

ラタが感動に目を輝かせている。

「さ、さすがです、ヨスガ様」

あっという間に巨大なスライムが浄化されて、溶け込むようにして消え去ってしまった。

ヨスガが他の仲間たちに目で指示をすると、彼らは取り込まれた村人たちを探しに向かった。

ヨスガとラタも慌てて村中を駆け回る。

村人たちはどうやら無事だったようだ。ヨスガは仲間たちにテキパキと指示を行い、村人たちの介抱を行っているようだ。

こうして村を救ったことで勇者ギルドの評価は上がるだろう。

＊＊＊

「あれが破邪の大剣の威力ですか」

大木の上からヨスガたちの様子を眺めていたサイフォンが、感嘆の息とともに呟いた。

「魔物を浄化する聖なる光……本来は神官しか持ち得ない力。適正のない者が扱えば、その分、精神も身体にも負担がかかるはず。そして彼女は神官ではないはずですが」

サイフォンの反応にファナが賛同した。

「平然としているよね、彼女。さすが古株の勇者ギルドで若くしてギルド長になれるだけあるね。すっごいね」

相変わらず綺麗な破邪の光だ。何ひとつ変わっていない輝きに、懐かしくて温かい気持ちで胸がいっぱいになる。

「なんだか、サスケ様、嬉しそうだね。よかったね」

「え、え、ああ、うん」

ファナの言葉に恥ずかしくなってしまう。

大木を降りた俺たちは、素知らぬ顔で勇者ギルドたちの手助けを行うことにした。

村に入るとヨスガたちが忙しそうにしている。彼女は俺たちが来たことに気付いたようだ。

「ごめんなさい、あなたたち、手を貸してくれる？　この村についての詳細はラタから聞いてくれるかしら」

彼女はそう言うと、再び村人たちを保護するために各家に入っていく。

ファナは近寄ってきたラタに微笑みながら言う。

「ボクは毒に詳しいから解毒も得意だよ。だから村人たちのところに案内して。そうだ、衰弱した大人たちを助ける方法も伝えるから、そこを支援してほしいかも！」

そして彼女はラタと一緒に家に入っていく。

「私も、この程度の解毒ならできますので、村人を助けに行って参ります」

「では」とサイフォンが小さく手を振り、俺のもとを去って行く。

「あ、ああ」

俺は二人の背中を見送った。

やばい。俺だけ何もできない。解毒ってなんだ。どうすれば、そんなことができるんだ。

ぼんやりしている俺の傍に、一人の子どもがやってくる。

「どうしたんだ？」と声をかけると、少年がニコニコしながら喋り始めた。

「ヨスガさんって方から言伝を預かっているんだ」

「……なんだと？」

あらかじめ子どもにメッセージを託していたということは、俺たちがここに来ることがわかっていたのか。

「たぶん村に内通者がいる……私たち勇者ギルドの不満を煽り、村と村との情報を遮断している者が。だから、こんなに被害が広がった」

そんなふうに言い出した子どもの言葉に俺は眉根を寄せた。

そこまで喋りきった子どもは首を傾げる。意味はわかっていないようだ。だからヨスガも彼にメッセージを託したのだろう。

「これで終わり。覚えるの大変だった」

「そうか、ありがとうな」

俺が追加でお駄賃を渡すと、子どもは嬉しそうに去っていった。

しかし誰が、何の目的で勇者ギルドの悪評を広めようとしていたのか。村の内部に裏切り者——村を害する者がいるとしたら、それはなぜなのか。

今、考えても答えは出ないが、ファナたちとも情報を共有しよう。

＊＊＊

村人たちの救出と解毒は夜通し行われた。

解毒できない俺は必要な材料などを用意して、みんなを手伝っていた。

そして朝方にようやく村人全員の解毒が終わったらしい。

村の入口付近に置いてあった椅子に座った俺が、一息ついていたところ、

「もうボクたちがいなくても大丈夫だよ。帰ろうよ、サスケ様」

近づいてきたファナに言われた俺は、サイフォンの姿を探したが、彼もこちらに気付いたようだ。

三人揃い、村から出ようとしたところ、俺たちに気付いたヨスガが駆けよってきた。

「まだ何かあるのかな？」と問いかけたファナに、ヨスガは深々と頭を下げる。

「ごめんなさい」

彼女はそう言うと、身体を小さく震わせながら言葉を続けた。

「ちゃんと謝らなきゃ、と思ったのよ」

ヨスガの態度におかしな空気を感じ取ったのか、周囲にいた村人や仲間たちが「どうした」と集まってきた。

そんな中、ヨスガは構わず口を開く。

「先日はひどいことを言ったわ。いくら、あなたたちを遠ざけるためとはいえ、使っていい言葉ではなかった。しかも、今回も助けてくれるなんて。ありがとう」

彼女は頭を上げようとしない。

ファナとサイフォンは互いに顔を見合わせ、ファナが戸惑いながら話しかける。

「こんな大勢の前で、わざわざ謝罪しなくても。ボクたちは気にしていないから」

「いいのよ。本当に感謝しているのよ」

ゆっくりと彼女は頭を上げた。焦燥感に満ちた顔のまま瞳が潤んでいる。

「ヨ、ヨスガ様……」

そんな彼女をラタが呆然とした顔で見つめていた。よろよろとした足取りでヨスガに近づきながら手を差し伸ばす。

だが、そこで、すぐに俺たちに顔を向けて微笑みかけたのだった。

「わ、私からもお礼申し上げます。ありがとうございました」

＊＊＊

村を救ってヨスガと別れたその日、俺たちは徹夜したこともあって、一人ずつ部屋を取って休憩することにした。

だが俺は、どうしてもヨスガの疲れた顔が気になって眠れなかった。

これからしばらく彼女に会えないだろう。

今回、この広い世界で彼女と再会できたのも奇跡的だ。あんなひどい顔をさせたまま、お別れするのは嫌だった。

俺が巨大スライムの被害にあった村に戻ると、まだヨスガは村に残って手伝っていた。

衰弱した大人たちや体調の悪い者たちは病院に集められていたが、彼女は治療に使った布や包帯などを洗濯するために近くの川に向かっていた。

俺は、籠に入った大量の洗濯物を持つ彼女を追いかけた。

ヨスガは川のほとりに洗濯籠を置き、腰を掛けると、スカートを太ももの辺りまでまくり上げ、靴下を脱ぎ捨て、川の中に足先を浸らせた。

疲れ切った彼女の顔が、そのときだけ、ふっと緩む。そんな彼女に俺は近づいていく。

「……あら、サスケくん。もう私たちは大丈夫よ？　宿に帰っていいのよ？」

「いや、ちょっとヨスガさんとお話したくて」

「嬉しいことを言ってくれるのね。この間、少しだけお話したじゃない。あれだけじゃ足りなかったのかしら？　でも、私のことを呼び捨てにしてくれたら、もっと嬉しいかも？」

「女の子に対して呼び捨てとか難易度が高い……無理だ」

そう答えると彼女は膝を少しだけ持ち上げ、腕で抱えた。白くて輝くような肌が露わになり、恥ずかしくなって俺は思わず顔を背けた。

「ふん、いいわよ！　いつかはちゃんと自然に呼び捨てにできるくらいにさせてみせるんだからね！　見てなさいよ！」

どこか芯の通っていない声に、俺は、はっとした。すぐに彼女に向き直って慌てて言う。

「……あ、あのさ、そんな無理しなくていいから。今、ヨスガさん、疲れているだろ。声でわかるよ。仲間だった俺に、そんな空元気なんてしなくていい。逆に辛いから。俺の前では自然体でいてほしい。……俺はヨスガさんに元気な振りをしてほしいわけじゃないんだ」

その言葉にヨスガは真顔になると、大きくため息をついた。

「……そうよね、サスケくんには、わかっちゃうわよね。そうやって気を遣ってくれて、ありがとう。嬉しいわ」

どこか無防備に表情を和らげたヨスガにドキリとする。俺の狼狽が伝わったのか、ヨスガはクスクスと肩を震わせて笑う。

「ねえ、隣に座らない？　私だけ座っていたら間抜けでしょう？」

ヨスガは隣の地面をポンポンと叩いた。そんなふうに言われたら無視できない。

俺はぎこちなく彼女の隣に座った。

「……さっき子どもたちの反応でわかったんだけど、俺は、顔は有名でも名前はそうでもないのかな」

そう俺が尋ねるとヨスガは頷いた。

「ええ、そうね。あなたは異世界から来た名もなき勇者という演出に仕立て上げているわ。迷惑だったかしら？」

「いや、名前が知れわたっていたら面倒だったから助かったよ」

とお礼を言って、本題を切り出した。

「……悪いことをする勇者ギルドもいて、その尻拭いとか大変なのに頑張ってて偉いと思うよ。今回だって、本当は他の勇者ギルドが来なきゃいけなかったって聞いたぞ」

そう話すと彼女は不満げに唇を尖らせた。

「むむ。……別に、そんなに大げさな話じゃないわよ。単純に困っている人を助けたかっただけ。なに、深読みしてしまったの、サスケくん？」

そこで彼女はニマーっと悪戯っぽく笑った。

「ふーん、それ本当かよ？　他にも何かあるんじゃないのか？」

俺はつい確認してしまう。

彼女は魔王を倒すために一緒に戦った仲間だ。何かがあると、表情や仕草のちょっとした変化でわかってしまうのだ。

俺の言葉にヨスガが真顔になる。

そして片足を川から抜き、膝を抱えて俺を見つめる。

「最後まで騙されてくれたらいいのに。中途半端に勘がいいのも、いつものあなたなのね……本当は大事な用事もあって、ここに来ていたのよ。あなた、それを確認しに来たのね」

そこでヨスガは川から、もう片方の足も抜いて立ち上がった。

布で足についた水を拭きつつ、靴下を履き始める。

そして真剣な顔をして俺を見下ろした。

「……そうね。あなたには伝えておいた方がいいのかもしれないわね……魔王が復活したかもしれないの。もしくは、それに近しい存在が……」

「いやいや！　それにしては魔物の臭気だっけ、あれを感じないんだが」

「そうね。だから魔王自身は復活していないと私は考えているわ。真相を探っていたのだけど、ラタの情報から、この村に魔王の復活を企む者たちが潜んでいると知ったの。どうやら、その者たちが集まって、新興宗教を作っているみたい。

……去年、アニュザッサは干ばつが起きて大飢饉が発生したの。企む者達は、大飢饉で弱った民衆の心をつかんで、新興宗教に入信させた。魔物の凶暴化は彼らが裏で糸を引いていると私たちは考えていたのよ。だから、ここに来なきゃいけなかった。真実を確かめるために。

それなのにうまくいかなくて……私自身も少しまいっていたの。みっともないところをたくさん見せてしまって、ごめんなさい。でも、もう大丈夫よ。ありがとう、サスケくん」

ヨスガは弱々しく笑ったが、声には力がこもっていた。

「あなたはいつでも変わらない。どこにいても、何を目指していても……」

彼女につられて俺は立ち上がった。

俺を見据えて彼女は言葉を続ける。

「……手を取って、サスケくん」

そう言って彼女は俺に手を差し出してきた。

一瞬躊躇ったが、俺はその手を握り、彼女は微笑んだ。

「私の空元気を見抜いて、気を遣ってくれて、本当にありがとう。強い勇者であろうと私は思っているし、周りもそう求めてくるのよ。それはそれで当たり前だと受け入れているけれども、たまに重たさも感じてしまうの。……でも、自然体でいることを望んでくれるあなたのおかげで、心が和らいだわ。

サスケくん、どうして顔を背けているのよ。恥ずかしがらないでよ。私も照れちゃうじゃない。こっちを向いてよ」

「い、いや、その……」

元々、彼女はとんでもなく明るい美少女なのだ。

そして元の世界で俺はモテないから、こんな美少女と接する機会なんてほとんどない。

だから、どうしても緊張してしまうのだ。

綺麗な少女に話しかけられ、柔らかな手に触れてしまうと、頭に血が上るかのように身体が熱くなってしまうのだ。

「――私の夢をあなたに伝えてもいいかしら。その夢をあなたと共有したら、きっと叶えられる気がするのよ。

あのね、誰からも頼られる勇者になることなの。困ったとき、苦しんでいるときに、太陽のようにキラキラと輝きながら、奇跡のように人を助けることのできるような勇者に」

彼女らしい夢だ。いつでも努力して目標を目指していく彼女だ。きっと叶えることができるだろう。

「私はなってみせるから、どうかサスケくんも立派な隠密者になってね」

なぜ、俺の夢がバレたのだ。驚いている俺に対してヨスガは、当然知っているという顔をした。

「なに、その反応。私が勇者ギルドに誘ったのに、あんなにさくっと断っちゃったんだもの。今のあなたにとっては、私の夢と同じように、隠密者というものが大切なのでしょう」

そこまで言うと彼女は洗濯物に顔を向けた。布を取り出し、再び座り込んだかと思うと洗濯する準備をしはじめた。

「お互い、強く頑張って信じ合っていきましょう。もう私たちには、ちゃんとそれぞれ新しい仲間がいるんだもの」

「ああ、ヨスガさんの周りにも仲間がいたか」

そう俺が言うと彼女は洗濯物を抱きしめるように掴んだ。恥ずかしそうに俯いて笑う。

「ええ、ラタっていう子よ。ちょうど私がギルド長に就任してから出会った子で、ずっと私を手伝ってくれているの。

……最初、私がギルド長だから近づいてきたと思っていたのだけど違っていたの。徹夜をしてまで私の頼んだ資料を作ってくれて……親身になって、いろいろとやってくれたことに気付いたとき、ああ、私、本当にちゃんと見てなかったんだって気づいたのよ。……私ったら、いつも、そう。上辺だけ見て判断しちゃう癖があるのよ」

そこで彼女は真剣な顔をして言葉を続ける。

「あの子、あなたたちに刺々しい態度を取っていたけど許してあげて。今、勇者ギルドは微妙な状態なの。あの子は、あの子なりに勇者ギルドのことを考えているのよ」

「ああ、大丈夫、気にしていない」

「サスケくんなら、そう言ってくれると思っていたわ。ありがとう」

そう言うと彼女は俺を見上げて力強く笑った。

もうそこには、疲れ切って弱々しくなっていた彼女はいなかった。

安心した俺は彼女に尋ねる。

「これから、どうするんだ」

「もう村の件は片付いたから、しばらく村の人たちを手伝って、大丈夫そうなら王都に戻るわ。

「またね、サスケくん」

＊＊＊

すっかり夕方だ。暗くなりかけている森の道は危ない。しかも俺は、うっかりしていて松明を忘れてしまった。

帰り道の途中にある小さな村に寄って松明を買おうと考えていたところ、夜でもやっている喫茶店を見つけた。俺は喫茶店に入り、気分転換をすることにした。

ハーブティーを飲みながら、俺が昔の記憶を思い返していると、

「やあ、こんにちは」

急に声をかけられて我に返る。

そこには金髪碧眼の美青年が立っていた。見覚えがある。

「お前、あのときマスルール様と一緒にいた……！　たしかアーサーとか！」

そう俺が驚いていると、彼は優雅な動作で俺の前にある椅子を引き、さっと座る。

「今回の魔物退治、見事に解決したようだね、さすがマスルール殿の見込んだ者たちだ」

「マスルール様はどこだ。お前が何かしたのか！」

そう感情を昂ぶらせる俺に、彼は不思議そうに首を傾げた。

「いやいや、ごめん、何の話かな？」

「ごまかすなよ！」

「本当に知らないんだよ。マスルール殿がいなくなったのかい？」

「ああ、お前と出会ったあとにな！」

「ふぅん。もしかすると僕が彼に新しく依頼したことに関係あるのかもね」

「なんだと？」

俺が問いかけると、彼はぐぐっと前に身を乗り出してくる。

「気になるかい？　では君にもお願いしちゃおうかな？　関連する依頼を。今、困っているんだよね、正直！」

ニコニコと明るい笑顔を浮かべながら彼は言葉を続ける。

「……それにしても、どうして、この付近の村が狙われたんだろうね。なぜだと思う？」

そう言いながら彼はテーブルの上に地図を広げた。

この付近だけ切り取った物だが、ヨスガも似たような地図を持っていて俺たちに見せてくれたことがある。

彼はペンを取り出して、ペン尻でグリグリと地図の上をこすり始めた。

それは被害にあった村の位置だった。

「たくさんの村、たくさんの場所、たくさんの人たち、ねえ、どうしてだと思う？」

アーサーは俯いたまま俺に尋ねてきた。

「なぜ、俺に聞くんだ」

「君だからに決まっているだろう。……たしか、名前をサスケと言ったっけ？　君」

意味ありげに名前を呼ぶ彼の態度に警戒をする。

こいつ、俺の正体に気付いているのか。

「そんな怖い顔をしないでよ。別に深い意味はないってば」

アーサーは顔を下げたまま被害のあった村を地図の上に記している。

「俺はお前に名乗った記憶はないが」

「マスルール殿に聞いたんだよ」

嘘だ。本能的にわかる。だが突っ込んでも、彼は本当のことを言わないだろう。

「信じていないね。本当だよ。だって僕は君たちの依頼主なんだから」

硬直した俺を察したのか、手は動いたままだったが、そこでようやく彼は顔を上げた。

「あのとき、マスルール殿は、僕のことを知らないふりをしてね。慌てて、そのふりに付き合ったんだけど……。結局、どうしてあんな演技をしたのか、教えてくれなくてね」

「初対面じゃなかったっていうのか、お前とマスルール様は！　そして、この付近の村の魔物退治を依頼したのが、お前だって？」

「そうだよ。勇者ギルドに依頼したのに、なかなか来ないって村人に泣きつかれちゃったからね。最近、凶暴化した魔物があちこちで暴れ回っているから、どこも人手不足だし。そうなると頼れる先は限られてくるしさ。……困っている人がいたら助けてあげたくならない？　そう、正義の味方みたいにさ」

彼は乾いたような笑みを浮かべた。

「俺に頼みたいことというのは……マスルール様がいなくなる前に、お前が頼んでいた件とは別の依頼なのか？」

そう俺が尋ねるとアーサーは驚いたように目を見開く。そしてペンを動かす手を止めると唇を緩ませて笑う。

「別だけど、関連しているよ。気になるみたいだね。そうだねえ、マスルール殿がいないなら、君に頼んじゃってもいいかな」

「……仲間たちに相談してからになるが。話は聞こう」

「そうかい。きっと楽しいことになると思うから、是非引き受けてほしいね。僕にとっても、君にとっても良いことづくめだよ」

何を喋っているのか、さっぱりわからない。だが彼が重要なことを話していることは理解できる。

「ごめんね、意味ありげに言われても困るよね」

俺の気持ちを察したのか、彼はヘラリと力なく笑った。

「……依頼は最近流行りの新興宗教施設の壊滅だ。名前はなんだったかな。明けの明星？　まあ、名前はいいんだよ。ここで大事なのは、最近できたばかりの宗教が大暴れして、みんなが困っているという事実だ。……場所を教えるから、誰かの仕業だとバレることなく、できれば事故か何かに見せかけて壊滅させてほしいんだ」

「なぜ、そんなことを？」

俺の問いに彼は、テーブルに広げた地図を俺の方に押し出してきた。

「この地図を他の隠密者たちに渡すといい。それで理由がわかると思うよ」

地図のあちこちに彼がペンでグリグリこすった跡がたくさんあった。

「あの教団には、ここじゃなく他の村人たちも困っているんだ。どうにかしてくれると、みんな助かると思うよ」

「具体的に、どう困っているんだ」

困った俺の質問に、彼は吹き出すようにして笑いながら言った。

「へえ、そんなことを聞いちゃうんだ？」

馬鹿にするような声音に、つい俺は刺々しく反応してしまう。

「なぜ、笑うんだ」

「当たり前だろう。隠密者である君たちに依頼しているってことは、詳しいことを話したくないからだし、後ろめたいことがあるからだよ。その辺りを話せるなら、もっと公《おおやけ》に実績のある者に依頼しているよ……君は本当に、隠密者なのかい？」

彼の言葉に胸がえぐられるような気持ちになる。

俺はどうしても隠密者らしく振る舞えないようだ。

＊＊＊

「――と、いうような感じで、この地図を渡されたんだが」

気落ちしたまま宿に戻った俺は、ファナの部屋にサイフォンも呼び、アーサーから貰った地図をテーブルの上に広げた。

当然、教団施設壊滅の依頼についても話している。

「あいつ、地図を意味ありげにペン尻でこすっていたんだ……」

「そうだね。痕跡はあるね。皺になっていたり窪んでいるところがそうじゃないかな」

ファナが指の爪をかじりながら言った。

俺の言葉にサイフォンが考え込むような仕草でペンを取り出す。

「男の話では被害にあった村の場所でしたよね。とりあえず痕跡のある箇所に丸印をつけてみましょう。ついでに線で繋げてみましょう。というか、面倒だから痕跡のあるところは全部なぞってみましょう」

そして、さらさらと印をつけ、なぞった地図を見て、俺たちは驚愕した。

「――これは」

「あのとき、我が師のいなくなった部屋に残されていた模様ですね」

サイフォンが俺の驚いたわけを代弁する。

「それに、ここの一部。我が師が失踪したときは気付かなかったけど。試練のときに倒した魔物の跡にあった紋様に似ていないかな？」

「言われてみれば！」

既視感の理由が今わかった。だから、この模様に見覚えがあったのだ。

「たしか、これは最近、この辺りで流行っている新興宗教の印《シンボル》でしたよね。今我々は手詰まりですし、あの怪しさ極まりない男の依頼を受けてみるのも手かもしれませんね」

サイフォンの言葉に俺は曖昧に頷いた。

「あいつの思惑通りに事を進めるのも癪だが」

「でも依頼を受けたからにはやらさないと。着実な依頼遂行こそ、隠密者の存在を広めるんだと思うし！」

心配した俺の言葉をファナが励ましてくれる。

そうだな。今の俺には、昔と同じように仲間たちがいる。

ヨスガに恥じないように、隠密者として認められるように頑張っていかなければならない。

第四章　へこたれない勇気で任務達成を！

「さて、教団施設の壊滅と言うことですが、どうしますか？」

宿の一室で俺たちは任務について話していた。サイフォンの言葉に俺は重たく頷く。

「このルートでいこう」

そうやってルートを示した施設の地図を二人に見せる。

「……」

「……」

俺の提案に二人は押し黙る。

「なんだ、その微妙な間は」

なぜかファナが哀れむような目でこちらを見つめてくる。

「いいんだよ、それがサスケ様のしたいことなら、そうするよ。手伝うね」

「私もそれで構いません」

サイフォンは即答だった。

そうやって二人が賛同したから安心して俺はことを進めることにした。

＊＊＊

「――その結果がこれだよ！」

夜も更けた頃、壊滅状態になった教団施設の中で俺は叫んだ。

つまり最初に戻る。

あらかじめ決めたルートから侵入しようとしたが、俺がふとしたことで爆薬を暴発させてしまったため、施設の人たちにバレてしまった。

結果、施設から出てきた人たちを全員倒す羽目になり、慌てた俺が、さらにあちこちを爆発し、建物自体も壊してしまった。

隠密行動を心がけたが、俺の不可抗力により失敗してしまったのだ。

周囲には気絶した人たちで溢れている。もちろん殺してはいないが、危ないところだった。加減を間違えば、何人か死人が出ていたかもしれない。

「……八つ当たりはよくありません、お師匠様（仮）。あと、声が大きいです。周りにバレてしまいます」

「こんな状態でバレるもクソもないわ！」

俺はサイフォンに突っ込んだ。

「俺の決めたルート、めちゃくちゃ敵がうろついているじゃないか！　知ってただろ、ぜったい！　二人とも敵を避けようと動いていたし！　止めてくれ！　全肯定じゃなくて、やる前に意見を言ってくれ、頼むから！」

「そういわれましても……」

曖昧な態度を見せるサイフォンに対し、俺は脱力してしまう。

「面白いくらいに壊したよね。いくら夜とはいえ、間違いなく周囲は騒ぎに気付いていると思うよ。本当は早く、このアジトからトンズラした方がいいんじゃないかな」

ファナが困ったように周囲を見渡しながら言った。

「こうなったら隠密者の仕業だと示した方がいいのか？　なにかサインを残すとかさ……」

俺がそこまで言うとファナがびっくりした顔でこちらを見てくる。

「な、なんだよ、その顔は」

「いや、びっくりしちゃって。え、ええと、そういう、わかりやすさはボクは嫌いじゃないかな、やるかやらないかは、置いておくとして。

……サスケ様、ちょっと思い出して。今回の依頼は、できれば事故か何かに見せかけてほしいという内容だったはず。わざわざ犯人がいることを主張しちゃだめじゃないかな。……うむ、サスケ様、成長したいのかなーとかいろいろ考えてサスケ様の自主性に期待したボクが悪かったよ。本当にごめん」

ファナが呻いている。本当に彼女を困らせてしまったのだ。

「ふざけるな、貴様。途中で考えを変えるなど、お師匠様（仮）への信仰心が足りていない証拠だ。私は最後までお師匠様（仮）の自主性を信じています。お師匠様（仮）がそうしたいのであれば、どうぞ」

「最近、わかってきたぞ。サイフォンのそれは遠回しに止めているんだな」

俺の言葉にサイフォンが大げさに肩をすくめて言った。

「まさか、とんでもない。馬鹿なことをすると、我々が馬鹿だと主張するだけなのに、なぜそんなことをするのか意味がわからないと本気で思っているだけです」

「やっぱりディスってるんじゃないか！　だったら俺がやる前に、そう言ってくれ」

「言ってもよいのですが……正直に口にするとお師匠様（仮）が傷つくのではないかと思いまして」

悲しそうにふらつきながらため息をつくサイフォンに、俺は叫ぶように言い返す。

「いやいやいや、言ったあとで、それを口にするな！」

「……傷ついていませんか？」

「全然傷ついていないし、全然悔しくもないからな」

チラリとこちらを見てくるサイフォンに俺は突っ込むが、延々と突っ込んでも時間が無為に過ぎていくだけだ。

「なんていうか、サスケ様は隠密者の才能は絶望的にないんだよね。信念と才能は別だから、ボクは気にしないんだけど」

呆れたように言うファナにサイフォンが返す。

「貴様は辛辣だな」

「辛辣というか最後までサスケ様に期待しちゃってたボクもよくなかったし。途中でちゃんと意見をするべきだったかもってことだよ。サスケ様に対して、どうしても甘くなっちゃっているのは事実だし」

　本気でファナが困り果てている。

「その甘さこそ信仰心が足りんからだ。ふん、構わん、貴様のことなど、どうでもいい。……お師匠様（仮）、人が来る前に探索をしましょう。いなくなった我が師の手がかりが残されているかもしれません」

　サイフォンは考えを切り替えたようだ。ボロボロになった建物内にある家具や棚をあさり始めた。

「というか、人が来たら倒せばいいだろう。目撃者全員ぶっ倒せば隠密成功したようなもんだろう」

「そういう考えが隠密者として向いていないんだよね。本当、サスケ様、そういった考えだけは、根本的に改めた方がいいんじゃないかな」

　ディスられるだけディスられて俺は肩を落とした。

　今回ばかりは何も言い訳できない。実際は言い訳をしてしまったが……彼らの助言の前に、自分で気付くべきだったのだ。

「生け贄……儀式……邪神……復活……薬……」

　サイフォンは焦げた資料に目を通している。

「なんだか、どこかでよく見かける単語ばかりですね。焦げ穴だらけですが何が言いたいのかわかりやすい」

「いやいや、そんな単語、しょっちゅう見たら不穏すぎだろ！」

俺の突っ込みにサイフォンは資料を見たまま返答する。

「そうですか？　こういう新興宗教の考えることは大体同じでしょう。救いを求めて、手っ取り早く奇跡を起こしたいと言う信者のために、もっともらしく派手な演出を仕立て上げる。

そして信者から金を巻き上げて運営の維持につとめる。……おそらく信者には何でも願いを叶えてくれる神を復活させるから儀式に生け贄をよこせ、そのための準備をするぞ、とでも言っているのでしょう？」

「この地図の目印、もしかして次の儀式を行う場所じゃないかな？」

ファナが、焼け焦げてボロボロになった地図の片鱗をサイフォンに見せている。

「可能性はあるな。まだ、その辺りは魔物の被害がなかったはず。この教団は魔王ではなく邪神を復活させようとしていたのでは？　……単なる金儲けをしたいだけなのか、それとも本当に危険な組織なのか、そこはきちんと判断しなければいけないがな」

なんだか偉そうな口調で言うサイフォンにファナが気にくわないような表情をしながらも言葉を続けた。

「そうは言っても、実際に魔物の凶暴化を引き起こしているのは事実じゃないかな」

そう言うファナにサイフォンは、別の棚から資料を引っ張り出し返答する。

「彼らの仕業かどうかは、まだわからん。しかし、この印《シンボル》があちこちにある以上、関連性は疑われるがな」

「うーん、こっちは信者のリストかな。これも焼け焦げているから、ちゃんとわからないな」

「なら資料の修復も視野に入れるとするか。マスルール様が得意なので、いらっしゃればお願いできるのだが……」

事件解決方法を話し合う二人に対して、俺は落ち込みながら言った。

「一人くらい残して情報を吐かせるべきだったかな……」

「お師匠様（仮）、その考えの方向性はいい線いっています」

俺の呟きに反応してサイフォンが褒める。

そのときガタリと音がした。

はっとその方向を見ると、教団の信者だった。特徴のある服を着ている。

驚いた俺は慌てて、そいつの近くを爆発してしまう。

「危ない、まだ生き残りがいたか」

威力は加減したので、気絶する程度に留めたはずだ。

額に滲んだ汗を拭った俺を見て、ファナとサイフォンが呆れている。

「ちょっとサスケ様、前言撤回早すぎるよう」

「さすがお師匠様（仮）、その調子で自分の道を突き進んでください」

「ああ、しまった。つい、やってしまった……」

一人くらい残して情報を吐かせるべきだと今言ったばかりなのに。

結局、俺がいろいろとやってしまったせいで、これ以上、重要な資料は見つからなかったため、地図に書かれている場所に行ってみることにした。

＊＊＊

その場所はアニュザッサとギズラの国境付近にある洞窟だった。

洞窟の一番奥には、不気味な祭壇めいた場所があったが、そこには信じられない人物がいた。

「我が師！」

ファナが唖然とした様子で目の前にいる人に呼びかける。

「ふむ、ここにたどり着くまでに一五日か。大分、時間がかかったのう」

マスルールは平然とした顔のまま座っている。

彼の周りには多くの人たちが倒れていた。みな、息はあるようだ。

「やはり生きていたのですか」

サイフォンの淡々とした声にマスルールが眉毛を動かした。

「なるほど、お主にはお見通しであったか」

「試練を課したときに、我が師はこう仰ったでしょう？」

——三人で頑張って協力して、村の人たちの懸念を取り除くのじゃ。魔物が集まる要因があるなら、根本的に取り除くべきじゃなサイフォンがすらすらと、マスルールが告げた言葉を口にした。

「三人と口にしていましたから。どこかのタイミングでいなくなる気なのだな、と」

「それがわかっていたのなら、早く言ってよ！　ボク、本気で我が師を心配していたんだから！」

ファナが真っ赤な顔でサイフォンを批判している。

「なぜだ？　私はあのとき、どうにかしてお師匠様（仮）と二人きりになりたかったのだ。これ幸いと邪魔者を排除するに決まっているだろう。貴様に言うわけがない。愚かなことを」

最悪すぎる。意味不明なことを言われてファナがパチクリしている。そして「うぅ」と呻き声を上げるとマスルールに非難の目を向けた。

「大体、我が師もひどいです！　あの部屋の荒れ具合、意味不明な血の紋様とか何だったんですか！」

「ぶっちゃけ、教団信者に襲われたのは襲われたんじゃや。まあ、返り討ちにしたんじゃがな。……あの紋様はワシなりの茶目っ気じゃや。これだけ手がかりを残せば、ワシの自作自演くらいはわかるじゃろうと。……残念ながら、わかったのはサイフォンだけだったようじゃが」

「ううー、そんなぁ……心配するに決まっていますしぃ……」

ファナは悔しそうだ。そして再びサイフォンを睨みつける。彼は飄々とした態度でファナを無視していた。

「……とにかく、しばらく会わぬうちにお主らの人間関係が変わっておるようじゃが、ワシは突っ込まんからな。放置するからな」

そんな二人を見てマスルールが呆れたように言ってくる。確かに放置してくれた方がありがたい。俺も深く突っ込みたくないのだ。

「しかし、お主らが来たということは、おそらく、ここは外れじゃな」

残念そうにマスルールが首を横に振る。

「外れとは？」と尋ねるサイフォンに、マスルールは気絶から目が覚めて起き上がりかけた信者の頭を、足で蹴り飛ばす。

「お主らが突き止めることができるということは、ここは囮程度の情報じゃな。本命は別か。ワシとしては、一発で終わらせたかったんじゃがのう」

「一発？　一体、今までマスルール様は何をしていたんですか？　あのアーサーという男が、あなたに新しい任務を依頼したと言っていたんですが」

そう俺が言うとマスルールはゆっくりとした口調で答える。

「なんじゃ、あいつに会ったのか。……ワシが頼まれたのはアニュザッサに出回っている違法薬物を輸入している施設の場所を突き止めること――どうやらその裏で教団がゴソゴソと動き回っておるらしくてのう」

「だから、ここにいたのですか」

サイフォンの返答にマスルールが頷く。

「と、言うより、ここがその施設だと思ったんじゃが。違ったみたいじゃわい。新興宗教のくせに囮の情報をバラまいたり、本当の情報を分散させたり、どうも手段が素人らしくない。明らかに他に大きな組織があって、その手引きで動いておるように見える」

「違法薬物？　もしかして……。ボクが巨大スライムで分析した未知の毒物と関係しちゃってたりして？」

　ファナの言葉に嬉しそうにマスルールが頬を弛ませた。

「……お主らは、新たな手がかりを見つけたようじゃな。なるほど、それならギリギリ合格じゃ。それでなければ全員クビにするところだったわい」

　その言葉を聞いてファナがホッとしたような表情を見せ、声を弾ませて言った。

「他にも教団施設から資料を持ってこられるだけ持ってきたから、まだ手がかりはあるかも」

　マスルールが満面の笑みを見せた。

「……サイフォンはワシの意図を読んで動いておった。ファナは未知の毒物という新たな手がかりを見つけておる。して、お主は何をした？」

「な、何もしていません！　あえて言うと教団施設は爆発させました」

「はあ？　それで、どこぞの組織が教団施設を派手に壊したとか妙な噂が流れておったのか。まったく、まったくう」

　マスルールから冷たい目を向けられた俺は、何も言えなくなってしまう。

＊＊＊

　休憩のためにマスルールと共に近くの村に向かった俺たちは、溢れんばかりの人々に迎えられた。老若男女——何かあったのだろうか？　服装がボロボロになっている。まるで戦から逃げてきたような有り様だ。

魔王がいた頃は、魔物との戦いが絶えなかったが、今は周辺国との争いは落ち着いており、あの暗殺教国ギズラですらおとなしくしていると聞く。

「どうしてこんなに村が人で溢れかえっているのかな？」

困惑したファナが近くを歩いていた商人に尋ねた。

「お前ら知らないのか。みんな王都カズウィンから逃げてきたんだよ」

「何があったのですか？」

サイフォンの問いに、商人が焦燥感に満ちた顔で答えた。

「王都で何か起こったみたいだけど、詳しくは知らないよ。私もそれどころじゃないんでね」

「そうなのか？」

俺の言葉に商人が深いため息をついた。

「当たり前だろう。急に入ってきた奴らのせいで物資が足りないんだ。お金をまともに払ってくれる奴らじゃないし。関所を守る衛兵たちは、物資を無料で配給しろと交渉してくるし……商売どころじゃない、頭が痛いよ」

そこで商人は「時間がない、忙しい」と俺たちから離れていく。

ファナは並行して他の者に話を聞いていたようで、話が終わったあと、こちらに戻ってきた。

「どうも王都が何者かに占拠されて避難して来た人たちみたいだよ」

「王都が占拠？　王都なのに、そんな簡単に？」

俺はファナに疑問をぶつけたが、彼女も困惑しているようだ。

王都にはヨスガがいる。不安でいると、サイフォンが首を捻りながら告げた。

「病弱で滅多に外に出ない王のために、王都の軍備は強固のはずです。そう簡単に落とされるわけがないのですが……」

サイフォンも同じ意見のようだ。

「魔物が襲撃してきたという情報を聞いたよ。それで混乱しているみたい。情報も錯綜しているから、本当か嘘かわからないんだけどね……」

そこまで言いかけたところでファナは空を見上げて険しい顔をした。

「なんだ、あの大量の魔物は……」

「こちらに押し寄せてくるぞ！」

村人たちの悲鳴があちこちから聞こえてくる。

空にはいびつな翼を生やしたトカゲのような無数の魔物たちが群れをなしている。村を目がけて、真っ直ぐ降りようとしているようだ。

何だかやばそうだ。魔物が地上に降りると人々に危険が及ぶ。

俺は人を見捨てたくはない。できることがあるならやるべきだ。

隠密者である今、おおっぴらに力を使うわけにはいかないが、俺と魔物との距離が、これだけあいていれば、力を使ってもわからないはずだ。

俺は指先に集中し、生じた熱を魔物の群れの中央にぶつける。

ドカンッと派手な音がして、巨大な爆発が発生して他の魔物たちが巻き込まれていく。

魔物たちが空中でうまい具合に群れているから、一体を爆発すると他の魔物も巻き込まれゆく。ボンッボンッボンッと煙と火の勢いが広がっていった。

「なんだ？　急に爆発だと！」

「勝手に魔物たちが死んでいったぞ！　自爆なのか？」

魔物が倒れて村人たちは喜んだが、またすぐに次々と騒ぎはじめた。

俺はその理由がわかった。

「あそこに畑が！」

村人たちが悲鳴を上げて指差している。

爆殺された魔物たちの破片が無情にも地上に降り注いでいる。勢いよく落下しているせいで下にある建築物や農場などに被害が出てしまっているようだ。

——やばい。

轟音と爆発ともにバラバラになった魔物の死体が血と一緒に降り注ぐ様は、不気味この上ない。むっとした血臭が、風と共にこちらに漂ってきそうだ。

「あわわ」と俺が口を開け戸惑っていると、ファナが、俺のただならぬ様子に気づいてしまったようだ。

「なになに？　あの爆発、サスケ様が起こしたのかな？　前にサスケ様がやった爆発と現象がそっくりだし」

ファナが俺を見てくる。

「い、いやいや、いやいやいや……なんだろうなあ」

とりあえず誤魔化すが、ファナは疑わしげな目で俺を睨みつけている。

「……一時的に倒したところで無意味じゃのう」

そのときマスルールがボソリと呟いた。

彼の視線の先を追うと、遠くにある木々や岩に、トカゲの形をした同じ魔物たちが留まっている。

「あの魔物たちは今回の爆発で警戒したようですね。しばらくは、あそこから動きそうにありませんが」

サイフォンの言葉にファナが焦った声で言った。

「ここも無事じゃない。あの魔物たちが動き出す前に村人たちを避難させなきゃ」

「アーサーの依頼はワシと見習いで進めるから、そっちはお主らが何とかせい。隠密者の名前を広めるチャンスじゃ」

マスルールが言うとファナたちが大きく頷いた。

＊＊＊

ファナたちは付近の村々に行き、村民の避難にあたっている。

俺はファナたちとは別行動で、マスルールと一緒に別の教団施設に向かっていた。

「なぜ、俺を同行者に選んだのですか？　もしかしたら俺にしかできないことがあったとか？」

ファナたちと別れたあとマスルールに尋ねると、彼はため息混じりに答えてくれた。

「本当にめでたい奴じゃのう。……お主、混沌した人間関係に疲れていそうじゃから、強制的に距離とってみたまでのことじゃ……まあ、ちゃんと間近で、お主という人間を見定めたかったし。よい機会じゃわい」

ちょっとがっかりしたが、行動しだいでは、弟子になれる可能性もあるかもしれない。

俺の隠密者を目指していきたいという志は揺るぎない。諦めたくはないのだ。


夜、駆けるマスルールについていくと、空にトカゲ型の魔物たちが飛んでいく姿が見えた。

綺麗な夜の星空に不気味な魔物の姿が混じる光景は、どこかいびつだった。

「……魔物の暴走は、ここだけじゃないんだ」

「その通りじゃ。どこもかしこもひどいもんじゃの」

「やはり教団の仕業なのでしょうか」

「可能性は高い。なればこそ、ワシらの行動には大きな意味があるのじゃ」

走りながら呟いた俺の声を聞き取って、マスルールが言う。

今、向かっている教団施設は村外れにある教会だ。誰にも使われなくなって放置されて寂れた教会を信者が集会に使っているらしい。ちなみに今の時間、集会が開かれないことは、あらかじめ確認している。

この教団施設である教会には、大事な手がかりが隠されていて、もしかすると魔物の凶暴化を止められるかもしれない。それどころか、教団の企みを暴き、潰すきっかけを作れる可能性もある。

これは、本当に大事な任務なのだ。

何かに気付いたマスルールは、急に木の上に跳躍する。俺もあとに続き、二人で枝の上から、目的地である教会を見下ろした。

門の前に一人の少女が困った様子でウロウロしている。教会の前に街灯があるため、夜でも少女の姿がよく見える。

「あの子は……」

「知り合いか？」

マスルールの問いに、俺は小さく頷く。

あの少女には見覚えがあった。少女は、青髪のボブに魔法使いのような衣装と大きな杖を手にしたラタだった。ヨスガと一緒に行動していたはずだが、なぜこんな場所にいるのだろう。

「話してきていいですか？」

少し悩んでマスルールはフムと頷いた。

地上に降りた俺はラタのもとに駆け寄り、声をかけた。ラタは俺に気づき、目を潤ませながら走り寄ってくる。

「なぜ、こんな場所に」と問いかける前に彼女が口を開く。

「ご、ごめんなさい、あ、あなたたちが、ここに来ることを知っていたんですぅ」

「ということは、俺たちに会いに？」

「は、はいぃ……」

「なぜ、知っている？」

ラタは頬を紅潮させて口ごもり、やがて意を決したかのように口を開いた。

「そっ、そ、それは……言えません……。でも大事な用事があって……！」

マスルールの視線を背中で感じる。ラタから敵意は感じられないが、注意しろと警告しているのだろう。

さすがにその程度は俺にだってわかる。あまりに彼女は怪しすぎる。

「あなたと話したいのには理由があって……子どもたちに聞いたんですぅ。あ、あなたが、そ、その……」

声を震わせて告げる彼女の言葉に心当たりがあった。

俺は子どもたちに自分の正体を告げている。彼女は俺が魔王を倒した勇者であることを知っているのだ。

「わかった、話を聞こう」

俺の言葉に彼女は安心して、身体の力を弛めたようだった。そして俺に縋りつき、涙を流しながら叫ぶ。

「お願いですぅ、ヨスガ様を助けてください。あなたしか、もうあなたしか……」

なんだって？　ヨスガがどうしたというのだ。

「私が悪いんです……わ、わわ……あああ……」

慟哭する彼女に、俺は狼狽しながら尋ねた。

「一体、何があったんだ？　落ち着いて話してくれ」

「王都に魔物たちが沢山現れたんですが、よりにもよって王様を真っ先に狙ってきて……。王様は人質になり、それを何とかしようとヨスガ様がお城に向かわれて……。その結果、ヨスガ様も囚われてしまったみたいで……」

わぁっとラタは大声で喚きだした。

王が人質になったから、王都が魔物たちに蹂躙されているのか。

「わ、私、ヨスガ様のお力になりたくて……だから教団の人に言われるがまま、いろいろ情報を流していたんです。だって教団に協力すればヨスガ様を立派にしてくださるって言うから……」

彼女の顔は涙と鼻水でグチャグチャだ。

「でも、ヨスガ様を儀式の生け贄に使うって！　力が強くて綺麗な心を持っているから邪神復活の生け贄にいい……でも、私、そんなの聞いていない！」

大きく口を開けて泣き喚きながら彼女は、俺の服の裾を強く掴んでくる。

「おやおや、これはどんな騒ぎだい」

「アーサー！」

気配もなく、依頼者アーサーが突然現れた。

アーサーはランタンを手にしたまま、空いた方の手でラタの肩に触れていた。

依頼主に報告を行っているので、俺が今、ここにいることを知っていても当たり前だが、なぜいるのだろう。しかも、こんな近くに。全然気づかなかった。

不思議がっていると、俺の気持ちを察したのか、アーサーが苦笑した。

「いや、僕はマスルール殿に会いに来たんだけど。ごめん、お取り込み中だったかな？」

「……なに？　誰？　え？」とラタが身を縮ませてアーサーを不安げに見つめている。

ラタは顔を強ばらせて彼の手を強く払いのけた。

「君の今のお話、とても興味深いな。王都にいる王様が魔物に捕まっちゃったんだって？　状況を詳しく教えてくれるかな？」

「それは……私にもよくわからなくて……」

アーサーの問いから逃げるように彼女は、走り去ってしまった。

しまった。追いかけた方がよかっただろうか。

「何だったんだ、あの子。あんなに怯えなくてもいいのに」

アーサーが呟くように言った。俺も同じ気持ちだ。

「……しかも、あの子、たぶんギズラ出身だろう？　亡命してきたのかな。服からすると彼女、今、神官やっているよね。普通、他国出身者がアニュザッサの神官になるなんて珍しいのに」

「そうなんですか」

俺はこの世界のことはよくわからないので尋ねると、アーサーはコクンと頷く。

「ギズラ出身の人間は外見に特徴があるから、見る人が見たらわかるよ」

本当だろうか？　ギズラ出身のファナはラタに対して何も言わなかったけど……俺は違和感を覚えたが、あえて突っ込まなかった。

「しかし想像以上に教団の動きが早いね。……マスルール殿、近くにいるんだろう？」

アーサーの声にマスルールが応えて森の茂みから姿を現した。

それを一瞥したアーサーが彼に話しかける。

「申し訳ないけど他の教団施設をいくつか教えるから、総当たりで敵の本拠地を突き止めてくれないか」

「王都はええんかのう」

「王都を救うためにも本拠地を叩かないと、また危険にさらされてしまうだろう。だから迅速に動いてほしい。それを僕は君たちに伝えに来たんだ」

「いやいやいや、本拠地の捜索を優先したら王が殺されるかもしれないのでは」

「うーん、そもそも王救出は別の誰かが動くだろう。わざわざ君たちにやってもらうことじゃないと思ってね」

「ふぅむ」

アーサーの鬼気迫る表情にマスルールは顎を撫で上げた。そしてジロリと俺の顔を見る。

「探索する教団施設が増えたから手分けする必要があるのう。……見習いよ。お主にも分担してもらうぞ。説明を聞いて理解したと思うが、かなり大事な任務じゃ。逃げることも断ることも止めることも許されん……当然、失敗することもな」

「はい」

俺は即答したが、さっき聞いたラタの情報が心を揺り動かしていた。

――ヨスガが囚われている。

今すぐ彼女を助けに行きたいところだが、俺には隠密者としての大事な任務がある。一体、どうしたらいいのだろうか。

＊＊＊

俺には選択肢などなかったのだ。

そもそも片方しか選べないという固定観念こそが間違いだった。

ヨスガの救出も隠密者の任務も、両方、達成してやる。俺にはできるはずだ。

そう心に決めて、この場から立ち去ろうとしたとき――

「行くんか」

背後から声をかけられた。マスルールだ。

「マスルール様！　い、いや、これは……その、そういうわけでは……」

狼狽する俺に彼は歩み寄りながら面白がるようにして笑った。

「なんじゃ、その言いぐさは。なにか隠しごとでもあるのか。もっと自分に自信を持たぬか」

すぐに真剣な顔になった彼は言葉を続ける。

「お主の思惑なぞ、ワシにはどうでもいい。……ワシが求めるのは成果じゃ。ゆえに手段は問わぬ」

俺の行動など彼にとってはお見通しなのだろう。しっかり釘を刺してくる。

「わかっておると思うが、ラタという女がここに来たのは偶然ではないぞ」

その言葉に俺の顔がこわばった。

理解していたとはいえ、改めて指摘されると身が引き締まる思いがする。

「……もちろん、そう判断するには理由がある。お主が爆破した施設にあった資料を読んだが、あの女は間者どころか、教団の信者で幹部のようじゃ。これは間違いなく罠じゃろう。……それでも行くのか？」

「もちろん。隠密者の任務を全うします」

「ならよい、その覚悟が本物か試させてもらうとするか。難しい方がお主もやる気が出るじゃろう」

ゆっくりと彼は俺を指差した。

「難しいついでに、さらに一つの任務を課す。これを達成できぬなら、二度とワシの前に姿を現すな」

その言葉の冷たさに、ぞっとした。

彼は本気だ。

「……それで、任務とは」

「どうにも一連の動きが気持ち悪い。魔物の凶暴化にはじまり、新興宗教に邪神復活の儀式、そして王都の占拠。これら全ての謎を紐解いてみせい」

「……？」

俺は首を傾げた。

「なんじゃ、その反応は」

「いやいやいや、マスルール様。さすがに無茶ぶりすぎませんか。それ、全ての謎を解き明かせってことですよね。しかも、あんまり隠密者と関係ないし」

「関係ないと言われれば、そうかもしれん。達成しても隠密者の名を広めることには繋がらんじゃろう」

「いやいやいや、ならなぜ」

「あえていうと、無茶ぶりしたくなった」

「……はあ」

さすがに適当なノリすぎやしないか。俺が呆れているとマスルールが言葉を続けた。

「とはいえ真実を知り、それを見極めることは隠密者として重視される技量じゃ。情報は絶望的な状況をも覆せる切り札になり得るからのう」

「わかりました。やります」

「その愚直さと猪突猛進さだけは、お主の良いところじゃの。それに……」

「それに？」

「いいや、何でもない」

マスルールは微笑んだ。

「といっても無茶ぶりなのは自覚しておる。だからワシからの助言じゃ。諦めそうになったときは初心に返ればいい。自分を信じて頑張るんじゃ。単純明快じゃろ」

カカッとマスルールは笑い声を上げる。はじめて見た、無邪気な表情だった。


――だから自分を信じて頑張るんじゃ。


その言葉で改めて思い出す。

なぜ、自分が隠密者を目指そうと思ったのかを。

「……すみません、その、もう一度、今の言葉を繰り返してくれますか？」

俺の願いにマスルールが首を傾げながら口を開く。

「自分を信じて頑張れ・か・・・？　何度聞いたところで、言葉の意味は変わらんぞい」

マスルールの声が俺の心に浸み渡っていく。

「……あの、もしかして、どこかで会ったこと……」

「ん、何じゃ」

「……いえ、何でもありません」

彼の弟子となった今、名乗り上げて何になるだろう。彼に認められたとき、始めて名乗れるように思えた俺は、照れ隠しもあり、小さく笑った。

＊＊＊

王都に向かって全速力で走る中、俺は初めてこの世界に来た時のことを思い出す。

俺が一度目の召喚のときに、最初に感じたのは恐怖だった。

なぜ、こんな場所にいるのだろう。

わけもわからないまま、手足が傷だらけになるのも構わず暗い森の中を駆け抜けた。

そして巨大で真っ黒い魔物に襲われた。

荒々しい息と押し潰されそうになる殺気、まとわり付くような臭気は、俺を瞬く間に絶望に落とした。鋭い牙で噛みつかれ、身体を引きちぎられながら涙すら出ずに、ただ悲鳴を上げた。

生まれて初めて死にたくないと願った。

でも真っ暗な場所には自分しかいなくて、誰も助けに来ないこともわかっていた。

それなのに。

――痛いか。

一人の男が、あっという間に魔物を蹴散らしてくれたのだ。

――痛いです、助けてください。

泣き喚く俺の頭を優しくあやすように撫でてくれた。

――そんなに痛くないだじゃろうに。そこまでひどい怪我じゃないぞ。

――いいえ、痛いです。怖いです。

――もうすぐ治療できる場所につく。そこまで我慢するんじゃ。

――無理です。我慢できません。痛いです。

――大丈夫じゃ、ワシはお主を信じておるよ。必ず我慢できるとな。大丈夫じゃ。

穏やかな声で俺を落ち着かせようとしていた。

顔は隠されてわからなかったけれど、俺のことを本当に心配してくれていた。

――だから・・・・・・自分を信じて頑張るんじゃ・・・・・・。

どこにでもあるような励ましの言葉だ。

決して具体的なものではなかった。人によっては、なぜこんな言葉を言うのだろう。もっとわかりやすく助かる手段を教えてくれればいいのにと思う人もいるだろう。

だが、そのときの俺は、決して具体的に助かる手段がほしいわけじゃない。

怖かった。

慰めてほしかった。

心の拠り所になるものがほしかった。

俺には、抽象的であっても、優しい励ましの言葉がなによりも嬉しかったのだ。

――・・・・・・大丈夫、君なら頑張れるから。・・・・・・自分自身を信じるんだ・・・・・・。

親身になって優しく声をかけてくれたからこそ、俺は頑張ろうと思った。

まるで太陽のような光だった。

その温かさを、ずっと傍で感じたいと思った。

そのときに感じた温かさは今でも胸に残っている。

苦痛に満ちたことがあっても諦めないで前に進むことができたのは、その言葉がずっと俺を支えてくれたからだ。

「なんだ、すぐ傍にいたのか。有名だから弟子になりたいと思ったのに、その人本人だったなんて、あまりに間抜けすぎる」

恐怖に押し潰された心を救ってくれた人が暗殺者だとしても、だから、どうしたと思った。

彼は自分にとっては救世主であり、英雄だったのだ。

あんなに頼もしい暗殺者がこの世界に存在するというのであれば、自分も目指したい。

人に知られずとも、彼みたいに良いことをする者になりたい！

俺と同じように誰かを救えるならば、眩しくて輝かしい暗殺者になりたいと思ったのだ！

だから人には話せなかった。

過去に暗殺者に救われたことがあるから、暗殺者になりたいだなんて。

思わず笑ってしまう。

自分を信じることは難しい。

それでも俺を信じてくれる誰かがいるのであれば、その人のために信じてみたい。

ゆっくりと俺は顔を上げた。

＊＊＊

「ずいぶん大げさな場所に私を閉じ込めておくのね」

ヨスガは目の前に広がる光景に浅く息を吐き出した。

城の地下にある牢獄でヨスガは拘束されていた。手首や足に枷をつけられ、鎖で身動きとれなくされている。

彼女の前には広くて深い穴があいていた。

城の地下に、こんなものは存在していなかったはずだ。いつの間にできたのか。教団の信者たちが作ったのか。ヨスガにはわからなかった。

深い穴には黒い泥のようなものが溢れんばかりに入っており、グツグツと泡を吹き出し、粘つくような黒い煙がたちこめていた。

穴の周囲には、厚いローブに身を包んだ幾人もの信者が祈りを捧げている。

ヨスガは傍にいる信者に話しかけた。

「まずそうなものを煮込んで、大きな鍋で何を作るつもりなのかしら？」

信者はヨスガを一瞥しただけで何も言わない。

ヨスガは笑顔のまま苛立ちの声を上げた。

「……約束を守りなさい。王は一体どこにいるの？　あなた方の言う通りおとなしく従っているのだから、王を解放しなさい！　私は魔王を倒した勇者の一人よ、人質としての価値は十分にあるはずだわ！」

「ふふ、そうだな。その前に……我らが偉大なる存在を感じ取るがよい……」

信者がそう言った瞬間、黒い泥から巨大な人の顔が、不気味な音を立てながら姿を現す。

頭髪はなく、黄ばんだ歯をむき出しにしており、ガチガチと気持ちの悪い歯音を鳴らしている。

なんだ、これは。

威圧感を肌で感じるが尋常じゃなく、悪意に満ちた殺気も感じる。

臭気は魔王のものと同様に吐き気を催し、外見のおぞましさは、恐怖と不快感を生む。

見ていられない。だが見てしまう。

目を離せば、それだけで殺されてしまうのではないか。

本能的な恐怖が、そこにある。

なにより懸念すべきは魔力の量で、魔王には及ばないが、桁違いに多い。

こんな悪意に満ちた存在が途方もない魔力を使ったら、世界はどうなるのだろう。

——今の私には倒せない。

破邪の大剣すらないこの身では、到底太刀打ちできないだろう。

圧倒的な絶望感が胸に広がっていく。

唖然としていたヨスガに対して信者が唇を歪めて笑った。そして信者は、包みから取り出したものを彼女の足下に転がす。

それを見たヨスガは顔を強ばらせた。

男の頭であった。

死の恐怖に顔を歪めていたが、ヨスガはその顔が誰なのか、よく知っていた。

「……王様？」

乾いた唇を動かして、その名を呼ぶ。

「ああ、既に殺した」

「なんですって……？」

信者の言葉にヨスガは険しい顔で怒鳴った。

瞬時に頭に血が昇る。感情のまま声を荒げる。

「ふっざけんじゃないわよ！　何のために私がこうして……！」

ヨスガは、枷に捕らわれたまま手足を動かして暴れ回る。

傷ついて血が流れ出るのも気にせず感情を昂ぶらせている彼女に対して、信者が冷酷な笑みを浮かべた。

「ああ、まったくの無駄骨というわけだ」

「ええ、そうね！　あなたたちを信じた私が馬鹿だったわよ！」

彼女は顔を真っ赤にしながら、目の前に浮かぶ巨大な頭を睨みつけた。

「……それに、なによ、あれ！　一体、何をするつもりなのよ」

恐怖で、声を震わせないようにするだけで精一杯だ。

「だから言っただろう。貴様たちの王は既に生け贄として捧げた。……王族は魔力が強いと聞いていたが、思ったよりも弱くて、ああして一部しか復活できなかったがな……」

信者は暗く濁った瞳をこちらに向けてくる。

そして嫌な笑みを浮かべながら言った。

「だから貴様にも生け贄になってもらう。邪神復活のためにな。極上の生気と魔力。さぞや邪神も喜ぶであろう」

「なによ、邪神って！　そんな存在、聞いたことないわよ！　ふざけんじゃ……！」

ヨスガは大声で怒鳴りながら力尽くで鎖を引きちぎろうと前のめりになった。

そのとき――ドゴンッと音がした。

すぐ傍の壁が崩壊したのだ。

ガラガラと瓦礫が音を立てて散乱する。

突然起こった爆風と煙に、周囲の信者たちが驚き、固まっている。

そして煙の中から、一人の少年が姿を現したのだった。

＊＊＊

「やっべ、また力加減を誤った」

煙に巻かれて咳き込みながら俺は、つい口にしてしまった。

「ごほごほ、それにしても恥ずかしくないか、その台詞。生け贄になってもらうとか。極上の生気がとか。言い方が大げさすぎて、どうなんだ、それ。いや、お前たちは真面目なんだろう

けど。少しは他人にどう見られているか意識した方がいいんじゃないのか」

「なんだ、その仮面は！　貴様、どこから入ってきた！」

驚く信者に俺は、口元を手で押さえながら説明する。

「どこからって……ほら、大砲ってあるだろ。あれを思い浮かべてみてくれ。砲身に砲弾を込めて打ち出すと弾が放たれる。つまり俺は、あの弾のように、こう打ち出されて……勢いよく、こう吹き飛んで……わかるだろ」

爆発に自分を巻き込み、爆風によって自身を弾に見立てて遠くに飛ばす。

自ら引き起こした爆発ならば自分の身に害が及ばない。その特性を利用した移動手段だ。

隠密者らしくはないが、とにかく急ぐ必要があったため、まずはスピードと破壊力を重視した。そうは言っても俺の力のほとんどがスピードと破壊力に特化しているだけなのだけど。

「わからないわよ」

「意味不明だ」

「そんな仲良く突っ込まなくていいじゃないか」

ヨスガと信者の言葉に俺は、もう一度激しく咳き込みながら言う。

「自分でも異常だとは思っているよ。いくらそういうのが得意でも、爆風に巻き込まれたら普通死ぬもんな。でも死なないんだな、これが」

「違う！　そうではない！　結界を張って誰も入れないようにしていたはず……！」

一体、信者は何をそんなに慌てているのだろうか。理由が理解できない俺は、両手を使って、もう一度原理を説明しようとした。ゆっくり話せば、きっとわかってくれるはずだ。

「いや、だから大砲みたいに自分を……」

「それを聞いているんじゃない！　そんなもので結界が破られるか！」

「そもそも結界って何だよ。あの紙みたいにペラペラだった奴のこと？　知らんけど」

どうやら俺の言葉では信者を説得できず、がっかりする。

「相変わらず適当なのね。その適当さで力を完全に制御できているんだから凄まじい才能よね。やっぱり勇者を目指した方がいいと思うわ。隠密者なんかより、よっぽど勇者の方が向いているに決っているわよ」

ヨスガの声に俺は我に返る。そうだ、俺は彼女を助けるために一瞬だけ勇者に戻ったわけで、隠密者としての任務をこなさなければならない。無駄に時間をかけている暇はないのだ。

周囲を見ると中央の穴に黒い泥が煮立っており、そこに巨人の頭のような物が浮かんでいる。明らかに不気味で、こちらに殺気と敵意を向けている。

おそらく、あいつがここのボスなのだろう。

「お、そいつを倒せばいいんだな。いや、わかりやすくて結構」

笑いがこみ上げてくる。時間がないので手っ取り早く済ませたい。

「よう。挨拶はしなくても構わないな？」

俺は声を低くすると、そいつに近づいた。

「ちょっと他に用事があるから、すぐにやっちゃうけど、すまんな」

「はあ？」

近くにいる信者が苛立ったように俺に駆けよると、持っていたドクロの杖を乱暴に振り下ろしてくる。俺は爆発を起こして、その信者を遠くの壁まで吹き飛ばした。なぜ、無駄にやられにくるのだ。雑魚はおとなしくしてほしい。俺は忙しいのだ。

「いや、だから、まずはそこのボスっぽいの。消えてもらおうか。……ああ、こんな大げさなことを言ったのは久しぶりだ。昔のことを思い出して複雑な気分だ」

「昔のこと？　貴様などに邪神が倒せるものか！」

「倒せるんだな、これが。さて、ボスをやっつけるか」

俺の言葉に、ぐぅとうめき声が聞こえる。

そのとき、穴に浮かんでいた巨大な頭が、唇をゆっくり動かして話しかけてきた。

「……オマエ、ダレダ……ジャマヲスルナ」

「そう嫌がるなよ。俺は用事を済ませたいだけだ」

「バカメ……」

ケタケタと笑うそいつに俺は不快感を覚えた。

途端、黒い泥のようなものが多数の触手になり、素早く俺に攻撃を繰り出す。

俺はそれを全て爆発で片付け、浅く息を吐き出した。

「この程度か。見た目だけで意外と大したことないな」

巨人の頭はいつまでも不気味な声で、ケタケタと笑い転げるだけだ。

黒い泥は次々と黒い触手となって攻撃してくるが、俺は負けじとそれを爆破する。

周りを見ると、信者たちの何人かも爆風に巻き込まれて倒れていたが、爆風はヨスガも巻き込んでいて、彼女の堪える声が聞こえた。

物量で押し出す戦法は嫌いじゃないが、このままだと彼女にも被害が及んでしまう。

だから俺は、手早く片付けることにした。

「お前の正体なんか、どうでもいい。跡形もなく、なくなってしまえ……！」

俺が叫んだ瞬間、真っ白な光が牢獄内に広がり、即座に俺の指先に収束した。収束から生じた赤い球は、派手な爆発音とともに、巨人の頭に向かってはじけ飛ぶ。

ゴウンといった轟音とともに爆風が起こり、巨大な頭が吹き飛んでいく。

「カマワン、ドウセ、コノママデハ……マタ、キカイハ……」

巨大な穴にあった黒い泥ごと、巨大な頭がバラバラになり、周囲に散乱した。

視界に広がった光と熱風が落ち着くと、そこには空っぽになった巨大な穴だけがあった。

周囲には、原型を留めていない泥や何かの肉片があちこちにへばりつき、転がっている。

あっという間に倒されてしまったボスに、信者たちはポカンと間抜けな顔をさらしていた。

俺は後頭部をかきながら、捕らわれているヨスガに近づく。

「あいつ、魔王の知り合いだったのかな？」

まあ、いいか。俺がヨスガを拘束している鎖を解こうとすると、「馬鹿！」と怒鳴られてしまった。

「なんだ？」と狼狽えていると、彼女は足をバタバタさせながら言う。

「正体なんかどうでもいいじゃないわよ！　証拠すら残さずに木っ端みじんになっちゃったじゃない！　こいつらが何を復活させようとしていたのか、わからなくなっちゃったじゃないのよ！」

「え？　だから邪神だろ？」

「だから邪神って何なのよ！　それを明らかにしないと意味がないでしょ！　一体、あなた、何をしにきたのよ！」

「何をしにって、ヨスガさんを助けに来た……」

「そ、それはありがとう！　で、でも、だからといって証拠や情報を爆発で消し飛ばしていい理由にはならないわよね？」

眉をひくつかせながらヨスガが言う。額に青筋が浮かべ、本気で怒っている。

「だ、大丈夫だろ。それに信者たちが、まだいる……」

「どこにいるのかしら？」

俺の言葉にヨスガが、にこーと引きつった笑みを浮かべる。

ボスっぽいのがやられて、既に周囲から人の気配がない。あれだけいた信者たちは、サッサと逃げてしまったようだ。

「ああ、そう言えば情報……あああ、たしかに。俺の隠密者としての目的は……」

マスルールから課せられた任務は、裏で動いていた謎を明らかにすることだった。しかし今、真相に近い存在のボスっぽい邪神を俺が爆発で跡形もなく壊してしまったのだ。

頭を抱える俺にヨスガが呆れている。

「それにサスケくん？　どうしちゃったの？　あなたは隠密者として生きることにしたのでしょう？　あれから全然時間たっていないじゃない……って……」

ガシャリと鎖の音を立てながらヨスガは恥ずかしそうに言う。

「も、もしかして私を助けるためだけに来てくれたの？　任務のついでじゃなくて？」

「いや任務と一緒だ」

「そ、そうよね！　やだ、私ってば勘違いしちゃって……！　じゃなくて、ふ、ふん、わかっていたわよ、私を馬鹿にしないでちょうだい！」

なんで怒っているのかわからないけど、こういうときはスルーしてしまおう。

頷いた俺はしゃがみこんで彼女の足枷を外していく。

鎧は脱がされスカートは捲られて、綺麗な足は太ももまで露わになっている。女の子に縁のない俺には直視できない。

顔を背けながらやっているため時間がかかってしまうので、誤魔化すため俺は、ヨスガに話しかける。

「ヨスガさん、人質になった王様を助けに行ってほしいんだけど、だめかな。俺にはできないことだから」

俺の声にヨスガが黙り込んだ。

「……」

足枷は外れ、手枷を外すため顔を上げると、彼女が泣きそうな顔をしている。

「どうしたんだ、ヨスガさん？」

様子がおかしい。慌てて問いかけるとヨスガは唇を強く噛みしめ、重い息を吐き出しながら言った。

「もう手遅れ……王様は殺されちゃったわ。しかも王様の首はあなたの爆発で、どっかに行っちゃったわよ！　私、どうやって説明すれば……」

「マジでか」

「ええ、マジよ！」

呆然とした顔で瞳から感情を消しながら彼女はブツブツと呟いている。明らかに大丈夫でない。だが、これ以上、彼女に構っていられる時間はない。彼女の手枷を外した俺は顔をしかめながら言う。

「……とにかくヨスガさん、俺はもう行くけど、ラタには気をつけた方がいいぞ」

「……」

ヨスガは辛そうに唇を噛みしめた。詳しく説明しなくても彼女には、俺の言った理由がわかっているようだった。

彼女は拘束跡のついた手首を気にしながら俺を見つめる。

なにか言いたげな瞳に、俺の足はつい止まってしまう。

彼女は気だるげに顔を下げてフゥーっと息を吐き出す。そして意を決したかのように顔を上げた。

「そうね、あなたが隠密者なら、私はそんなあなたに依頼を出そうかしら。……ラタのことで、頼みがあるのよ」

＊＊＊

俺がラタに会えたのは、マスルールやアーサーから教えてもらった教団施設を十を超えるほど探索した後だった。

そこは小さな村にある病院の地下にあり、研究施設のような空間が広がっていた。

丸いガラスケースがあり、中にはトカゲやイノシシのような魔物たちが無造作に入れられている。どれも一部分が歪んでいて、醜い様で死んでいた。

ラタは部屋の中央で、ぼんやりとした様子で座っている。ガラスケースなどの器物は跡形もなく破壊されているが、彼女の仕業なのだろうか。破壊された機器を見るのは初めてではない。

俺は今まで探索した施設のいくつかで、同じような光景を見てきた。

ラタの持つ杖は、以前見たときよりも使い古れおり、酷使されていた。施設の機器を壊したのは彼女なのだろうか。

俺の姿を見つけても目が虚ろなままだ。

ゆっくりと近づくと、彼女は無表情のままビクリと肩を震わせた。そして口の端を引きつらせながら言う。

「……ふ、ふふ……一人なんですね。意外と早かったんですね。もっと時間がかかると思っていました」

「運が悪い方だと思う。残っている施設は片手で数えるくらいしかないしな」

「そうですか」

ラタは興味なさそうに言った。

「……私を見ても何も言わないんですか？　いまさら何をしにここに来たんですか？　……薬を研究していた施設を潰しに来たんじゃないんですか？」

「いや、お前を捜していたんだ」

そう言うと彼女はフンと鼻で笑った。

「いまさら？　全てが終わった今になって？　何もかも手遅れなのに？」

手遅れとは、アニュザッサ王が殺されたことを言っているのだろうか。

分からなくて何も言い返せない俺に、彼女は言葉を続ける。

「みんな、私の思うがままでした。勇者ギルドも新興宗教の〝明けの明星〟も、奇跡を勝手に信じて信者になった民衆も、情報を流すだけでコロコロと面白いくらいに思い通りに動いてくれるんだから……。

私たちの作った薬物で魔物を凶暴にして、民衆の不安をあおり、さらに邪神復活の儀式を執り行う。……全てうまくいきました」

やはりラタが黒幕だったのか。

仮面をしていて良かった。薄々感じてはいたけど、やっぱり俺は驚いた。

彼女は俺がここに来たことで、黒幕が自分であるとバレたと勘違いしているのだろう。実は、そこまでではないのだが、黙っておいた方が良さそうだ。

「……アニュザッサの人たちは裕福なのに、みんな幸せに飢えていました。本当に幸せなのに。みんなの幸せのためにと言えば、儀式にも喜んで手を貸してくれました。幸せだと更にそれを求めるんでしょうね」

ラタは口元を歪めて言った。

自分からベラベラと喋ってくれて、ありがとう。

下手に質問をすると、俺が何も知らないことがバレてしまうかもしれない。

今回の最大の任務は謎を全てを明らかにすること。このまま喋ってくれた方がいいから、引き続き適当に知ったかぶりしよう。

「やはり、お前の仕業だったんだな」

すみません、嘘だ。本当は何もわかっていない。

そうやって心の中で自分自身に突っ込むことくらいは許してほしい。

ラタは肩を震わせている。

「だから言ったでしょう、それがわかったからって、もう手遅れだと」

「……」

「でも、あの方は復活なさらなかったんですね。異常が何も起こらないということは、王もヨスガ様も無事だったっていうことでしょう？　あなたが助けたんですか？　かつて魔王を倒した勇者。せっかくここまで丹念に仕上げたのに」

「……」

あの方の復活とは何だ。邪神のことなのだろうか。いまいち話が見えてこない。

「……どうしたんですか？」

沈黙しすぎても怪しまれるようだ。俺は少し考えて問いかけた。

「あの方とは邪神のことか？」

俺の質問にラタが歪んだ笑みで返す。おとなしく答えてくれる気はなさそうだ。だが外れてもなさそうだ。

ここから先の言葉を選び間違えると、何も理解していないことがバレてしまう。ヨスガの言う通り、勢いのままボスっぽいのを倒すんじゃなかったな。

ハッタリがばれないように俺は、必死に思い返しながら、先ほどヨスガを助けたときのことを言い、ラタの告白を促す。

「穴の中に汚いドブのような水があって、そこに巨大な頭が浮かんでいた。歯が汚かったので、あれは歯を磨いていないな。息が臭そうだった」

どうだ、完璧だ。事実しか述べていないので問題ないはず。

そんな俺の言葉にラタが動揺した。

「頭だけ……？　そんなはずは……ありえない……うそ、うそ、だって、そ、そんなぁ……」

呂律が回っていない。彼女は愕然としながら早口でまくしたてる。

「だって王は、この国で一番魔力が強大で、だからこそ王でありえるはず。その王が生け贄になったのに邪神の一部が復活しただけなんて……あ、ああ、ヨスガ様は……だから私は……ヨスガ様まではいらないって、それを信じていたのに……」

「いや、だからヨスガさんは無事だって」

ラタが、俺の言葉を噛みしめるかのように何度も瞬く。彼女はフラリと立ち上がったが、すぐにその場に膝をつき、弱々しく肩を震わせながら深く俯いている。

「ヨスガ様……」

そして俺を睨み付けてくる。

「それではあなたが邪神の一部を倒したんですか？」

なぜか怒っているぞ。もうこれ以上は引っ張れないだろう。大体、知りたいことは分かったし、そろそろネタばらしをするか。

「うん……いや、実は何も知らなくて。お前に会いにきたのはヨスガさんの依頼だったからで、別にお前が黒幕だって確信していたからじゃない」

俺の告白にラタの両目が大きく見開かれる。

「い、今まで嘘をついていたんですか！」

「いやいや、人聞きの悪い。話を合わせていただけだ。許してほしいんだけど。でも、今までの話をまとめると、お前たちはアニュザッサを混乱させるために邪神を復活させていただけってことなのか？　それなら邪神が復活できなくて残念だったな。……気づいていると思うが、ヨスガさんは助かったし、アニュザッサもなんとかなるだろうしな。つまり、お前たちの企みは全部潰えたんだ。そろそろ諦めろ」

　俺の言葉に、ラタはギリリと音が聞こえるくらいに歯を食いしばった。

「私たちの企みが潰えたことを、わざわざ、ここまで知らせに来たんですか？」

「いいや、違うよ。さっきも言ったけど、ヨスガさんから言伝を頼まれたんだ」

「はあ？　いまさらなんですか？　そんなの……いらない……！」

　彼女の声がわずかに震えている。彼女には迷いがある。

「そう言わず聞いてくれ。俺は勇者ではなく、隠密者としてここに来たわけで、お前をどうこうしたいわけじゃない」

「――いつでも待っているってさ」

　ゆっくりと彼女に向かって言葉を紡ぐ。

　俺の言葉にラタが息を深く吸い込む音がした。手をぎゅっと胸の前で握りしめている。

「ヨスガさんはお前が今回の事件に少なからず関わっていたことを知っていたんだ。だけど、彼女は、ずっとなにか理由があるはずだって見て見ぬふりをしていたんだ。……ラタさんには深い事情があって、悪いことじゃないはずだって、そう思い込んでいたんだって。……そして、いつか、お前からヨスガさんに事情を話してくれると無条件に信じていたんだってさ。でも、そうじゃなかった……。真実から目を背けて逃げていたことをヨスガさんは恥じていた。もっと早くに向き直るべきだったんだって。……だからヨスガさんは俺に今の自分の気持ちを伝えてほしいと頼んだんだ」

彼女は黙り込む。感情の見えない瞳で俺を睨みつけている。

何か失敗したのだろうか？　しつこく尋ねてみたが彼女は頑なに答えようとしない。

会話が続かない。いや、そもそも続けるつもりがないのか。俺は彼女の関心を引き出そうと試みる。

「お前、ギズラ出身なのか？」

ラタが顔を大きく歪めた。その様は醜く、まるで悪鬼のようだった。

「……それを、どこで？」

「とある男から聞いたんだよ。その男がお前のことを見てギズラ出身の特徴があると……」

俺の言葉を彼女は鼻で笑った。

「ああ、あなた、本当に異世界の住人なんですね。何も知らない。外見だけでギズラ出身の人間なんてわかるわけない。どこまでも馬鹿な人。情報で聞いた通りです。愚直に動くしか脳のない哀れな男」

そこで彼女はスカートをまくし上げ、太股に巻いたベルトからいくつものナイフを取りだし、こちらに構えてくる。

「気が変わりました。あなたは殺します。私がギズラの人間だと知られているなら話は別ですから」

肌がひりつくような殺気に当てられて俺は口ごもってしまう。

「おいおい、俺が誰なのか知っているのだろ?」

「元勇者でしょう? だからなんです? 知らないんですか? 暗殺者は、あなたみたいに目立って、上でふんぞり返っている者の殺しに長けた存在なんです」

そう言うとラタは、ナイフをひらめかせると俺に投げつけてくる。

一体どれだけのナイフを隠し持っていたのだろうか。大量のナイフが降り注ぐように俺に向かってくる。それを全て爆発ではじき飛ばしたが、ナイフは次々と投げられる。

爆風と煙で視界が悪くなる。

向こうには俺の姿が見えないはずなのに、ナイフの攻撃がやまない。ただ俺は向かってくる殺意を目当てに防ぐことしかできない。

「この状況を打開できないなんて……本当に魔王を倒した勇者なのですか?」

露骨に彼女は嘲笑してくる。

「汚い闇の中で這いずり回らなければ生きていけない存在なんて、存在すら知らなかったくせに。そのくせ身勝手な夢と理想を見て暗殺者になりたいなんて……苛々するんです、あなたみたいなの」

むき出しになった途方もない憎悪だった。ナイフと殺意と爆音だけが、煙りに巻かれた中で鳴り響く。

俺が自らを起点とした熱風を作り、煙を散らせると、「死んでください」と言う声とともに、手と口にナイフを取ったラタが、煙の中から跳躍してくる。

その動きを目で捉えた俺は、ラタに言い放つ。

「きみは、ヨスガさんのことを何とも思っていないのか」

ヨスガの名前を聞いて、ラタの動きがわずかに鈍くなる。その瞬間、俺は彼女の腕を強く掴み、爆風でナイフを吹き飛ばした。

唯一残ったナイフを食いしばるラタの顔を、俺は真正面から見据える。

「実はヨスガさんは、こうも言ってたんだ。おそらく・ラ・タ・は・戻・っ・て・こ・な・い・と」

彼女の両目が、動揺して大きく見開く。

「ヨスガさんは、きみが何かに苦しんでいるのを感じたのに、何もできなかったことを後悔していた。だから、このままお別れしたくない。ちゃんと話をしたい。それがヨスガさんの願いなんだ。でも、それも難しいかもと思って、せめて気持ちだけでも伝えようと……」

——いつでも待っている。

この言葉に彼女の思いが全て込められている。

「だけど、俺はそれじゃ駄目だと思うんだ！」

俺が言いかけるとラタは頭突きを繰り出し、口にくわえたナイフを素早く振り下ろしてくる。

それを間一髪のところで避けた俺は、慌てて彼女を遠くに放り投げる。

「それ以上、言わないでください！　何もわからないくせに！」

受け身をとった彼女は苦しそうに悲鳴を上げる。

「私は邪神が復活して、この国が混乱に陥れば何も問題がなかったんです。私だって……そうすれば……！」

「難しいことはわからないけど、会わないと何も始まらないのでは？　ちゃんとヨスガさんと話してくれ」

「だから、そういう問題じゃないんです！」

彼女は着ていた服をはぎ取った。

あちこち火傷で赤みができているが、整った裸体を見て思わず動きを止めてしまう。

その隙きをつき、ラタは隠し持っていたナイフを投げつけてきた。

「……あっ……」

動揺していた俺は爆発の加減を間違えてしまい、ナイフを防ぐための爆風に彼女を巻き込んでしまった。彼女は激しく床に叩きつけられ、肩から血がタラリと流れ落ちる。

怪我をさせてしまったことに青ざめる俺に対して、彼女は口を大きく開けて笑う。

「この程度でそんなビビるなんて！」

そしてラタが最後のナイフを投げようとしたそのとき、彼女の肩に妙な紋様が浮かび上がる。見慣れぬ模様だった。

「――え？」

戸惑いと苦痛に顔を歪めた彼女は腕を押さえて、その場で呻きながら、のたうち回る。

「あ、あああ……これは、この国の……」

彼女は愕然としながら呟く。すると彼女の腕の紋様が身体中に広がっていった。

「あの男……あのとき……おかしいと思って……！」

「おい、ラタさん……」

「気配に気付かなかった時点で私の負け……ふ、ふふ、手の内で踊らされていたのは……あなたも……」

ラタがゆっくりと顔を上げて俺を見つめながらあざ笑う。

「どうせ、あなたもあの男に……」

ラタの様子がおかしい。近づくと彼女は血の気の失せた肌を露わにしながら、充血した目を天井に向けてブツブツと呟いていた。

「ふ、ふふ……」

彼女はもう目が見えていないようで、俺が顔をのぞき込んだことにも気付いていないようだ。朦朧とした表情で、ゆっくりと手を差しのばしてくる。

「本当にまぶしかったんです、はじめて見たとき」

嬉しそうな声で言う。これはヨスガにあてた言葉だ。

「ずっと傍で感じたかった。その光を目指して……」

彼女の唇がゆっくり動いて、そして疲れ果てたように瞼が閉じた。

ラタの身に一体、何が起こったというのだろうか。いくら考えても状況を理解することができなかった。ただ最後に彼女が呟いた言葉は、自分にとって一番理解できる気持ちだった。

その心が俺を強く突き動かしていた。

＊＊＊

俺は息を荒げながらファナのもとに急いだ。彼女は俺と別れた村の近くに滞在していて、そう時間をかけずに見つかった。

夜、彼女がいる小屋に駆け込んだ俺は、黒い紋様と血に塗れたラタを差し出した。

「わっ、どうしたのかな！」

彼女は険しい顔で、布に巻かれたラタの裸体を見つめている。

「……どうして血まみれているのかな？」

「助けてくれ、ファナさん。ここに来るため、俺が無茶したから傷が広がってしまったが、まだ息があるみたいなんだ！」

「我が師から聞いたよ、この子。新興宗教〝明けの明星〟の幹部なんだって。どうして、そんな子をサスケ様が抱いているのかな？　助ける必要ないよね？」

冷え切った声と表情のファナに焦った俺は言う。

「いやいや、それは、あとで説明するから、このまま死なせちゃ駄目だ。だって、まだ何もわかっていないんだ。それに彼女は急におかしくなった。……あいつが怪しいと思う。ファナさんの勘は正しかったんだ」

「あいつって？　ボクの勘って？」

戸惑う彼女に俺は説明する。

「アーサーだ。ファナさんはアーサーに嫌な空気を感じたと言ってたじゃないか。……俺はあいつに会いたい。聞きたいことがあるんだ」

「ちゃんと説明してくれないと、さすがのボクも協力できないよ。もちろんサスケ様の力になりたいけど、我が師が危険視している人を助けるのなら、納得したいんだよね」

どう説得すればいいのだろうか。俺は考え込んだあとに口を開く。

「ファナさんはたしか、ギズラの出身だよな」

「そうだけど」

「アーサーは言っていたんだ。ギズラの出身は外見で区別がつくって。それは本当なのか？　ラタさんは、それを嘘だというような口ぶりだった。ラタさんをおかしくさせたのも、アーサーの仕業。あの男の狙いは、俺がラタさんの出身を知っていることを、本人に伝えるためだったんだ。だから、彼女は急に俺への態度を変えて……」

ファナは顔をしかめながらしゃがみこんで、俺の肩に手を置いた。

「落ち着いてよ、サスケ様。……ギズラの人々は出身を隠すのが当たり前だよ。外見でわかるなんてありえない。ただ同郷の者同士であれば何らかの印に気付くことはありえるけど」

「でもファナさんは気付かなかったんだよな」

「そうだね。同じ出身でも近い関係でなかったんだと思う。ギズラにも勢力や派閥がいろいろあるから。……サスケ様の話をまとめると、アーサーがサスケ様に嘘をついていた。そして以前より、独自の情報網からラタがギズラ出身であることを知っていたってことだよね。この事実はとても重要だよ」

「でもファナさんがいるのだから、嘘はすぐにバレるだろう。どうして俺の前で、そんな嘘をついたんだ？」

「それでも、きっとアーサーにとっては、サスケ様を動かすことが大事だったんだよ。彼は、この事件の全体像が見えていたから、そこでサスケ様を手駒にして、さらに混乱させたかったんじゃないかな。……サスケ様を手駒にするあたり、妙な思惑を感じなくもないけれど……サスケ様を使ってギズラを刺激したかったのかな？」

「なぜ、そんなことを？」

首を傾げる俺にファナが説明する。

「一連の事件の裏でギズラが動いていたんなら、アーサーは自ら手を汚さずに、ギズラにやり返したかったのかな……そうなるとアーサーはアニュザッサ側の人間？　いや、でも？　うーん？　どうなんだろう？　その辺は本人に聞いてみないと、わからないね？」

「……なぜギズラはアニュザッサで魔物を暴走させたり、邪神を復活させようとしたんだ？」

「ギズラとアニュザッサは今は落ち着いているけど、以前は争っていたんだよ。ギズラにしてみると、アニュザッサに再び侵略されるかもしれないからと、常に大国の力を弱める手段を探しているんだ。邪神もそのために使われていたと考えれば、狙いはわかりやすくないかな？」

ファナは銀色の髪をかきあげて、俺を安心させるかのように微笑んだ。

「……実を言うとボクも気になることがあったんだ。巨大スライムの成分にあった毒物二種類のうち一種類は、ギズラにしか生えていない植物から抽出されたものだったんだ。ボクはずっと、その理由を考えていたんだけど……裏にギズラがいるなら、全て納得いくんだよ。ギズラが関わっていて、アーサーも怪しすぎるから、ボクもちゃんとした答えが知りたい。だから、いいよ、サスケ様。キミの力になるよ」

つい俺は頬を弛ませてしまう。そして声に力を込めて言った。

「ありがとう。……ヨスガさんからラタさんのことを頼まれているのもある。ここでラタさんが死んでしまうと謎が謎のままになってしまうし、ヨスガさんがラタさんを大事に思っている気持ちも何も伝わらない。だからラタさんを助けてあげたい」

「水くさいです、お師匠様（仮）。お師匠様（仮）の希望ならば最優先いたしましょう、この私が。私こそが……！」

背後からの急な声に、俺はびっくりする。

振り返ると、いつの間にか小屋の扉が開き、入口にサイフォンが立っている。ファナが小さく「いつの間に。キモい」と呟いている。

サイフォンはそんな彼女に構わずに言った。

「まず私にお声がけくだされば、この女のように難しい理屈をこねずとも即座に協力しましたのに。まったく、この女は、お師匠様（仮）にここまで言わせるとは、許せん」

するとサイフォンはしゃがみ込み、ラタの様子を確認しながら自分に渡すように促す。俺はおそるおそるラタを差し出した。

サイフォンはラタを受け取ると、フムと頷く。

「これは、おそらく、魔物を倒す術式ですね。世界には魔物と同様に魔力を持った人間たちが存在します。彼らは術式を用いて、魔物のような力を行使できるんです。これは……おそらくアニュザッサのものですかね？　きちんと確認してみないとわかりませんが……。似たようなものを過去に見たことがあります。

この女の様子からするとこの術式は、生命力を奪う類《たぐい》のものかと。彼女が生き長らえているのは、純粋に暗殺者として鍛えられた肉体があるからでしょう。……と、とりあえず無知…何も知らなそうなお師匠様（仮）のために、説明を簡単にしましたがいかがですか？」

「今、無知って言ったよな。ちゃんと聞こえているぞ」

「いえいえいえ、私の本題は、そこではありませんから」

本題がそこじゃないからといって、人を目の前にして悪口を言っていい理由にはならないだろうが。

「………まあいい、でもなぜ術式が急に発動したんだ？」

「詳しいことはわからず推測になりますが、彼女の身体に何かをトリガーにする術式が、あらかじめ仕込まれていたのでしょう。アーサーという男は、たとえば彼女に触れたりしませんでしたか？」

「そう言えば一度だけ、彼女の肩に手を置いたことがあった」

そう答えるとサイフォンは、なるほどと言葉を続けた。

「そんな短時間で術式を仕込めるのかは疑問が残りますが、強い術者なのかもしれませんね。何が、きっかけとなって発動するのかはさすがにわかりませんが……」

「彼女が血を流したら発動したような気もする」

そう俺が言うとサイフォンは、ラタの肩に浮き出た紋様をなぞりながら言う。

「なるほど。ならば血がトリガーではないでしょうか。彼女がギズラの出身で暗殺者なら、いつ怪我をして血を流してもおかしくないでしょう。自分が殺したとバレないため、彼女が死ぬように仕組んでいたのであれば、おそらく血がトリガーかと」

「それで、ラタさんは助かるのか？」

「術者に解除してもらう必要があるでしょう。つまり、あの男に会いに行くのが一番手っ取り早い手段です」

俺はサイフォンの説明に感心しながら言った。

「すごいな、助かった。ありがとう、サイフォン」

「もっと褒めてください。あなたに認められることこそが私の誇りです。……ほら、だから言ったでしょう。私に先に声をかけてくだされば、この女よりも役に立ってみせます」

「いちいちボクを引き合いに出すの、やめてくれないかな。変態め」

目を輝かせながら言うサイフォンに、ファナは半眼で抗議する。

その様子に若干引きながら俺は言った。

「……しかし、やっぱり突っ込ませてもらうが、どうして、こんなにすぐに駆けつけることができたんだ」

「お師匠様（仮）の気配がしたので」

「うっわ、やっぱり案の定キッモい」

ファナが容赦のない突っ込みをするが、俺は止めなかった。

同じ気持ちだったからだ。

＊＊＊

ラタの様子を見ると、残された時間は多くない。

俺はラタをファナのいた小屋に閉じ込めて、アーサーのいる場所に向かうことにした。

ちなみにアーサーの居場所はサイフォンが調べていた。どこまでも有能な男だ。マスルールが彼を弟子にした理由が改めてわかった気がする。

アーサーは国境近くの砦にいる。砦の周囲は崖と森に囲まれていて、当たり前だが防衛は堅く、容易に近づけない場所だ。

今、そこに向かっているのだ。

「……あのね、一つ聞いていいかな。なんだかサスケ様、前に会ったときより、隠密者としての自覚が強くなっている気がするんだ。何かあったのかな？」

「ん？　別になにもないけど？」

砦に向かっている途中、ファナが話しかけてきた。

俺の命の恩人がマスルールだとわかった。

暗殺者を目指そうと、この世界で夢を追いかけようと思ったきっかけが、全てマスルールのおかげだったのだ。だから彼の傍にいて彼を目指していきたい。

あのとき彼に助けられたことを思い出し、心が温かくなったが、今は恥ずかしくて言えなかった。

誤魔化すように笑う俺に、ファナが困った顔をしながらも小さく笑った。

「うんわかった。今のサスケ様、前よりも、もっとキラキラして尊いから、ちょっと確認してみたくなったんだ。何かあったら改めてお話を聞かせてね」

「その女の前に私に話してほしいです」

「……勝手にボクとサスケ様のお話に割り込んでくるのは、やめてくれないかな」

口を挟んできたサイフォンに対して、ファナが嫌そうな顔をする。

「断固拒否する。これからも容赦なく話に割り込ませてもらう」

それはわざわざ主張するほどのことなんだろうか。


「……さて、この辺りで足を止めましょうか」

崖下までやって来た俺たちはサイフォンの声で制止した。

さすがに砦近くだからかなり警戒されている。大勢の兵士たちが見回っていて、絶えず人の気配があることは俺でもわかる。

「時間がないから、ここでボクが時間を稼ぐよ。目立つ格好をしたボクなら、いい囮になると思う」

そう言いながら彼女は被っていた黒いローブを脱いだ。真珠のように輝く銀色の髪が露わになる。お姫様が着るような繊細なレースに装飾されたドレス姿が月明かりに照らされる。

彼女の肢体が伸びやかに魅力的に映った。思わず見とれてしまうほどだ。

彼女は自分の美しさを自覚している。だからこそ、それを武器にできるのだろう。

「いつもなら、こんな目立つ姿は嫌なんだけど、今日は特別だからね、サスケ様のために頑張るから」

そう言い残した彼女は見回りする兵士たちのもとへと歩いて行った。

優雅で堂々とした様で、兵士たちの視線を集めようとする彼女の背中を見送りながら、俺は再び見とれてしまう。彼女の様子を見る限りでは、うまく敵の注意を引きつけているようだ。

「さて、今の内に向かいましょう。お師匠様（仮）」

サイフォンの導きに従って俺は砦に近づいていく。正門が見えてきた。

だがやはり、砦の正門には、かなりの兵士が防衛に回っている。とてもこれ以上は隠れたままでは近づけない。

森の茂みに隠れながら、サイフォンが俺に小声で話しかける。

「ふむ、なるほど。警備はやはり堅牢ですね。……ならば、お師匠様（仮）、煙幕のようなもの

は出せますか？　できれば爆発はやめていただきたく」

サイフォンの問いに、俺は少し考え込んで言った。

「任せろ。多分、原理は煙幕とか発煙弾と同じだろ。いけると思う」

「お師匠様（仮）の言葉はよくわかりませんが、それでお願いします。お師匠様（仮）が視界を遮断したあとに、私が彼らを倒します。今後、隠密者として活躍するのであれば、我々の顔がバレるのはまずいですから」

「ファナさんは大丈夫なのか」

「彼女は、あの美貌で視線を集めているだけで、相手に危害を加えているわけではありません。なんとでも言い訳はつくでしょう。それしてもお師匠様（仮）は本当に初歩的なことを知らないのですね。こんな初歩的なことをわざわざ説明する羽目になるとは思いませんでした」

容赦のないサイフォンの突っ込みに「ぐう」と呻いてしまう。

「ああ、傷つきましたか。大変申し訳ありません。もう少し言葉を選ぶべきだとは思っているのですが、お師匠様（仮）を前にすると私は感情を抑えられないのです」

「いやいやいや、フォローになってていないって」

「私の、お師匠様（仮）を思う気持ちが伝わらず、大変もどかしく感じます。今後はもっと、私の感情を前面に押し出しましょう。隠すより出すべきですね。……ええ、その方がいい」

それは今の言動と同じではないだろうか？

「むしろずっと隠してくれ！」と思っている俺の前でサイフォンは、サーベルを俺に渡してくる。首を傾げながら俺は受け取った。

「倒しに行くのになぜ、武器を俺に……？　まさか素手で戦うのか？」

「ああ、いいえ、ご安心を」

そう言って彼は軽く手を振った。

ガシャンと音が鳴った瞬間、地面に仕込み刀や吹き矢、万力鎖や鎖鎌、手裏剣や含み針、あられ棒や鉄鞭、鉄刀など——暗器がドサリと落ちてきた。

一体、これだけの量をどこに隠していたのだろう。今の彼は鎧すら脱いでいる。あの一瞬で身軽になったサイフォンは数々の暗器を俺の前に出したのだ。

「私は元々暗器使いです。サーベルは仮初《かりそ》めのものです」

サイフォンは万力鎖と吹き矢を手に取ると、再び軽く手を振った。すると先程まで地面にあった暗器が消えていた。しかも鎧を身にまとっている。一体、どうなっているのか。原理がさっぱりわからない。

「……やっぱり俺と戦ったとき、本気出してなかったんじゃねーか」

そう俺が不満げに言うとサイフォンは嘆きながら答える。

「前にも申し上げたはずです。暗器使いは私の目指す強さの領域ではないのです。たとえるならどこまでも深い不快な闇です。私は底の見えない闇の領域を目指したくはないのです」

「はあ」

抽象的すぎて意味がわからない。だが彼には彼なりのこだわりがあるのだろう。

サイフォンは、俺が何も理解していないことを察したようで、しつこく説得してくる。

「私はお師匠様（仮）のいる光輝く高みに昇りたいのです。お師匠様（仮）と同じ目線で世界を見てみたい。そのためにはお師匠様（仮）と真逆の力で戦っても意味はないのです。どうか、ご理解いただきたく……」

「わかった、わかったから」

「そう言いながら、わかっていないのでしょう？ ……ですが、そうですね。前言撤回です。あえて私の言葉を理解する必要はないのでお気になさらず」

「わかったわかった、もういいって！」

そう言わないと、いつまでも話が続いてしまうだろう。

サイフォンの指示通り、俺が真っ黒な煙を辺りに生じさせると、「なんだ？ なんだ？」と兵士たちが混乱の声を上げる。それに気付いたサイフォンが「先にお進みください」と短く告げ、高く跳躍して黒煙の中に突っ込んだ。

煙から長く伸びる鎖が見え隠れする。

シャリシャリと鎖のこすれる音を背にして、俺は正門から中に侵入したのだった。

＊＊＊

アーサーの姿を見つけるのは難しいことではなかった。部屋から声が聞こえたからである。

扉の前にいた護衛も倒し、そのまま真正面から突入しようとしたが、隠密者らしく侵入しようと考え、俺はまず隣の部屋に入ることにした。

その部屋には先客がいた。侵入した部屋は執務室だったらしく、机に座った一人の男が突然侵入してきた俺に驚いて目を丸くしている。

俺は小さな爆発で彼を気絶させたあと、壁にへばりつき、素早く窓を開けた。

たしか昔、友人がスニーキングゲームでこういうプレイをしていたように思うが、俺もゲームのように隣の部屋の窓から、へりを伝って目的の部屋に突入した。

「ごめん！　俺、参上！」

そう言いながら、クルリと回転して受け身をとり、片膝をつき周囲を見渡すと、そこにはマスルールとアーサーが向かい合うようにソファーに座り、話していた。

二人は俺の侵入に唖然としている。

マスルールがいたことに俺はびっくりだ。

「マ、マスルール様、一体どうしてここに！」

そう俺が叫ぶと、マスルールとアーサーは唖然としたままこちらを見つめている。

「どうしたも、こうしたも、今、ワシはこの者から依頼を受けておる。逐一、報告するのは当然じゃろうが」

「いやいやいや、でも……」

「いやでもじゃない。なぜ、人の家の窓から侵入しておるのじゃ」

マスルールの声にアーサーが続く。

「あれ、サスケくん。なんだい、これは。新しい遊……試練か何かなのかい？」

マスルールはため息をついて「んなわきゃ、なかろう」とアーサーの言葉を否定する。そして冷え切った目を俺に向けてきた。

「というか、お主、ワシが託した依頼はどうなっておるんじゃ」

「あっ、ああ、いや、それだ！　そのために俺はここに来たんだ！　そこをどいてくれ、マスルール様」

そう言って俺はマスルールの前に立ち、彼を守るようにしてアーサーを見据える。マスルールは「んん？」みたいな顔をしているが、きっと彼は状況をわかっていないだけだ。

「何を血迷ったことをしとるんじゃ、お主」

ポカンとした表情のマスルールを一瞥して俺は言う。

「いいえ、マスルール様。俺はようやく真相を知り、彼のもとに辿り着いたんです」

「はあ」とまだマスルールは呆れ顔だ。

「ふぅん、それで、僕のところまで来たわけか」

「……ああ、お前に会いに来たんだ。お前にはやってもらいたいことがたくさんある」

俺は余裕の表情を浮かべるアーサーを指差しながら言った。

「今回、魔物の暴走にはじまり、新興教団〝明けの明星〟の暗躍、王都の混乱に至るまで、その裏ではギズラが動いていたんです。その鍵となるのがラタです。ラタはギズラの暗殺者としてアニュザッサで暗躍し、表では勇者ギルドに入り、裏では明けの明星を作り、その幹部として事件を動かしていたんです。

明けの明星の幹部として、信者たちに『みんなを幸せにする儀式』とでも言って魔物を凶暴化する薬を使わせ、邪神を復活させようとした。ところが企てが失敗すると、犯人を明けの明星に押しつけ、ギズラの痕跡を消そうとした。アニュザッサの弱体化がギズラの目的だから、バレると厄介なことになると考えたのだろうな」

二人の表情と空気が変わった。どうやら間違いではなかったらしい。

今回の俺は冴えているようだ。

「それで？」とマスルールの言葉に気をよくした俺は、仮面の鼻部分をこすりながら言う。

「今回、俺がそう推理したのには理由がある」

俺はアーサーを指差した。

「邪神復活の裏で動いていた明けの明星。それと同じように暗躍していた者がいたんだ。それがお前だ。アーサー」

そこまで言ったとき、扉が開いてサイフォンとファナが姿を見せる。

「お師匠様（仮）！」

「サスケ様！」

そしてマスルールの姿を見て驚いて身を固まらせた。

「みんな揃ったみたいだけど、どうするんだい？　マスルール殿」

そう言って、ソファーに座ったまま、テーブルの紅茶を優雅に飲んだアーサーは、マスルールに視線を注ぐ。

「まあ、まずは、そやつの話を聞こう……しかし、こうも簡単に砦の侵入を許すとは。少し警備を考え直した方がいいぞ。ここは国境近くだ。守りを堅くしなければならない場所だぞい」

「手厳しいが、その通りだ。改めて軍の配置を考え直すとするよ」

そう会話する二人に違和感を覚えながらも俺は声高に告げる。

「アーサー、お前、ギズラの関係者だろう。もしくは幹部クラスの立場の人間だ。お前が全てを裏で操っていったんだ！」

途端、重苦しい沈黙は生じた。

告げられたアーサーはカップを手にしたまま、信じられないといった形相で俺を見つめている。マスルールはなぜか頭を抱えていた。

サイフォンとファナは口元を手で押さえて、わなわなと小刻みに震えている。

なぜだ。俺の予想していた反応とはまったく違う。

戸惑っていた俺にファナとサイフォンが動揺の声を上げた。

「え！　そっち！　決めつけちゃう？」

「さすがです、お師匠様（仮）。そうきましたか」

「なんなんだよ、その反応は」

俺がそう言うと二人は、ここまで突っ込んでも理解できないのか、というような哀れみの視線を向けている。ちょっと失礼すぎやしないか、その態度は。

「……当たって……いないの、か？」

　指差すのをやめて腕を下ろしながら、ぎこちなく呟く俺に、ようやく動き出したアーサーが返した。

「いや、いいところまでいってたんだけど、最後にとてつもなく明後日の方向にいってしまって感心しているんだよ。普通、間違えないだろう。そこは。いやあ、びっくりしたよ」

　そうして彼は縋るような視線でチラリとマスルールを見る。

「ううーん、マスルール殿。これはどうしたらいいんだ」

「どうもこうも駄目じゃろ。それ以外のなにものでもないじゃろ」

　マスルールは依然として沈痛な面《おも》持ちだ。

「何が違っていたんだ！」

　そう慌てふためく俺にアーサーがヤレヤレという仕草をしながら言った。

「君、たしか、よそから来たんだよね。さすが、何もわかっていない。僕がギズラの者だとしたなら、普通に考えてマスルール殿が亡命前の国の言うことに従うわけないだろう」

「それは、お前がギズラの偉い人間だから！」

「だから、違うって」

　苦笑した彼は立ち上がって俺に向き直る。すらりと伸びた身長に、ただならぬ威圧感を感じとった俺は思わず一歩引いてしまう。

　そんな俺の反応を面白がるように笑った彼は、すっと腕を前に動かしながら言った。

「僕の名はアーサー・ザナドゥ・フェニだ。もちろん出身も、この国だよ」

俺は思わず「あわわ」と漫画のような擬音で呻いてしまう。

彼の告げたのは、この国――アニュザッサ王の王の名前だ。

俺は、以前、ヨスガから聞いたアニュザッサ王の話を思い出した。

天才戦略家と名高い彼は、王家の血筋でもないのに一傭兵から国王にまで上りつめた男だ。その後領土を広げ、大国に導いたのは彼の功績が大きい。カリスマがあり、会ったものは例外なく惹かれると言われている。家臣を大切にすることでも有名で、粛清した事はない。また王都の城下町の整備に取り組むなど、街の発展にも尽力している。

その一方、手に余る者は、自分の娘や親類の娘と姻戚関係を結ばせた上で、時期を見て暗殺や謀殺をはかると噂されていし、実際に何人もの親族が不審な死を遂げている。

ただ最近は、病に伏せることが多く、なかなか姿を見せないでいた。

俺個人しては彼と直接会ったことはない。魔王を倒すために冒険していたときも、彼は病に伏せていると聞いた。だからこそ眼の前にいる彼が、王様と聞いても信じられない。それに――

「嘘だ。だって王様は生け贄として殺されたって」

早口でまくしたてる俺に彼は、憂いに満ちた目で答えた。

「あれは影武者だ。情報が来ないから生きてないだろうと思ったけど、やはり、そうだったんだね。教えてくれてありがとう」

「じゃあ、本当に？」

その言葉に俺は目をパチクリさせてしまう。

嘘偽りない悲しみが、彼の表情からは感じられる。

「本当だよ」

そして彼は座ったままでいるマスルールを見下ろした。

「将来が楽しみだね、この子は」

「いやあ、うむむ」

マスルールは腕を組んで難しい顔をしている。

「そんな、まさか……今回の事件、全てを明らかにするという任務は……」

困った顔を彼に向けると、マスルールは厳しい声で言った。

「達成したわけがないじゃろ。根本が大間違えしておるのじゃからな」

「うう……う」

俺はぐっと奥歯を噛みしめた。

マスルールは無言のままだ。

ならばしょうがない。マスルールから二度と姿を見せるなと言われているが、がむしゃらに謝って、彼に許してもらうまで食らいつくしかない。それに任務とは別に、これだけはなんとかしたい。

「申し訳ございませんでした。ですが、これだけはお願いします」

俺はアーサーを見据えた。

「なんだい」

にこやかに笑いかけてくるアーサーに言った。

「……ラタにかけた術式とやらを解いてください。あなたが掛けたんでしょう」

俺の言葉にアーサーから感情が消えた。だが俺は、構わず言葉を続けた。

「彼女は大変なことをしてしまった。だけど殺すのはおかしいと思う」

「ふぅん、どうして？　人に害を及ぼすだけ及ぼした、価値のない人間だろう。死んでも誰も気にしないよ」

アーサーは楽しそうに目を輝かせながら続ける。

「彼女のせいで魔物は暴走し、大勢の人が苦しんでいる。王都が一時的に奪われたときも、奇跡的に民衆や兵士に死者はいなかったようだが、僕の替え玉は殺されてしまった。彼女は罪を償うべきだよ。そのくらい君にもわかっているだろう」

「確かに罪は償うべきですが、生きて行うべきではないでしょうか。それに事件を解明するには彼女が必要です」

そう言って俺は土下座する。この世界に土下座というものが通用するとは思えない。だが、それでも俺の気持ちは伝わるように、できる限りのことをするべきだ。

「頼むよ。殺さないでください。生きていれば、いくらでも罪を償う方法はあるはずです」

「サスケ様」

「お師匠様（仮）」

ファナとサイフォンの哀れんだ声が聞こえる。

頭上から深いため息が漏れ出た。それは果たしてマスルールかアーサーか。頭を下げている俺にはわからなかった。

「頭を上げてくれないかな」

その声におそるおそる顔を上げると、苦笑するアーサーが見えた。

「君自身には感謝しているんだよ。君がいなければ、もっと被害が大きくなっていたかもしれないからね。だから……」

彼はヒラリと手首を翻《ひるがえ》す。すると一瞬だけ手の甲に黒い紋様が浮かび上がった。

その模様はラタの肩についていたものと同じで、すぐに消え去った。

「術式は消したよ。だけど勘違いしないでほしい。彼女を許したわけではなく、今回の君の活躍に対する報酬と、将来性を見込んでのことだよ」

アーサーは俺とマスルールを交互に見ながら言った。

「それに、なんだい、変な約束をしているって聞いたよ。……なら僕が口添えしよう。マスルール殿、彼を引き続き弟子見習いに据え置いてみてはどうだろう。確かに今回、最後に妙な方向にぶっ飛んでしまったけど、ギズラの仕業というところまでは突き止めた。ここは評価していいんじゃないかな。それに……僕自身、彼がこの先どうなるか見てみたいしね」

すっと穏やかな目になった彼はマスルールを見た。

「…………」

マスルールはため息をついた。

「確かにワシの任務は達成できなかったが、お主は自分で依頼を受けたのだろう。ならばその任務をしっかり果たしてみせい。依頼主の真意を満たしたら、弟子見習いのままにしてやる」

「あ、ありがとうございます」

チャンスをもらった俺に、ファナとサイフォンがにこやかに微笑んでいる。

俺は、心の中に柔らかで温かい気持ちが広がっていくのを感じたのだった。

＊＊＊

「――さて、問題が一つ解決したところで提案があるのですが、お師匠様（仮）」

事件が解決して数日後、いまだに意識の戻らないラタは病院で治療を受けているという。

そんな中、寝台に腰掛けた俺は自室にやってきたサイフォンとファナに、ひたすら詰め寄られていた。

「ねえ、いい加減、ボクにも協力させてくれないかな」

「ええ、そうです。どのような内容なのでしょうか。きっと私たちにもできることがあるはずです。この任務の結果次第では、お師匠様（仮）が弟子見習いのままでいられるのですから、私にも手伝わせてください」

ずっとこの調子だ。「俺が頼まれた仕事なのだから俺がやりたい」と拒否しても、どうにも納得してくれないのだ。

「だぁ――――、もうー……大体、なぜ、そんなに俺の依頼にこだわる？」

そう俺が言うと、二人は喋るのをやめて、お互い顔を見合わせた。

「お師匠様（仮）が望んでいるのは、無事に依頼達成すること。今、お師匠様（仮）は困っている。だからこそ手を差し伸べたいと、ただそれだけです」

「いやいや、別に困ってなんか……」

俺が言うとサイフォンが淡々とした口調で話してくる。

「推測になりますが、ラタに関することではないですか？」

「そ、そうだけど」

俺の思い悩んでいたことを当てられてしまい、思わず呻き声を上げてしまう。

呆れ果てたような顔でサイフォンが言葉を続ける。

「私たちは隠密者です。つまり、これは運命共同体のようなもの。事情さえ話していただければ、何か良い案が思い浮かぶかもしれません」

サイフォンの勢いに乗せられるように俺は言葉を吐き出した。

「簡単に言うと、彼女を元の仲間と話す機会を作ってあげたいんだ」

「彼女って、やはりヨスガさんのこと」

「ななな、なんで、そこまでわかるんだよ」

「えぇ、むしろ、そのくらいわかるし……」

俺の問いかけにファナは顎に手を添えていた。疑問符を浮かべる俺に彼女は首を横に振って言葉を続けた。

「ヨスガはラタが事件に関わっていることを薄々感づいてはいたんだ。でも……」

ヨスガは自分で言っていた。すぐにありのままを受け入れてしまうと。だからラタの行動をなにか理由があるはずだと考えて、真実から目を背けていたのだ。

だけどラタは国を混乱に陥れる敵だった。ヨスガの好意は裏切られてしまった。だけど、それでもヨスガはラタを信じたいと思っている。そんな彼女の気持ちを思うと暗い感情が胸を満たしてしまう。どう口にしようか迷っている俺を見てサイフォンが淡々と言った。

「ああ、ヨスガ殿の心情をそこまで説明する必要はありません。しょせん、私にとっては他人ですしね。……しかし、お師匠様（仮）にとっては彼女は大事な人なのでしょう。それがわかれば十分。だから私は協力したいと思っているのですよ。ただ、彼女の真意を理解するには依頼に至るまでの背景を知る必要はあります。ですので、事実だけを教えてくだされば」

「……それは……」

俺が考え込んでいると、サイフォンがポツリと呟くように言葉を紡ぐ。

「……こういう場合、人を分析する場合は、ラタという人間の行動を振り返ればいいと思います。そうですね、ラタは、なぜ、お師匠様（仮）にヨスガ殿の救出を依頼したのでしょう。何か意味があったのでは？」

「それはたぶんだけど、ラタさんも任務とヨスガさんへの気持ちで揺れ動いていたんじゃないかな。でなければ俺にヨスガさんへの救出を頼まないと思うんだ。……俺は、そこにわずかでもヨスガさんへの気持ちがあったんじゃないかって信じていたいんだ」

微妙な空気になったのを感じ取り、俺は慌てて付け足す。

「もちろん一応根拠はあるぞ。なぜなら、なんであんな怪しさ極まりない態度でラタさんは俺に助けを求めてきたんだ。王都にいるはずの人間が急に俺の傍に現れて……怪しんでくださいって言っているようなもんだろ」

「だからそれは、サスケ様を利用するために……」

ファナの言葉を俺は遮る。

「もっとうまく誘導する手段だって、あったはずだ。あえて怪しい素振りを見せなくてもいいはずだ」

「それはそうかもしれないけど」

口ごもるファナに俺は言葉を続ける。

「他にも、ラタさんはあとで王様が偽物だと気付いたみたいなんだ」

俺は破壊された施設でラタさんと遭遇したときのことを思い出す。


――頭だけ……？　そんなはずは……ありえない……うそ、うそ、だって、そ、そんなぁ……だって王は、この国で一番魔力が強大で、だからこそ王でありえるはず。その王が生け贄になったのに邪神の一部が復活しただけなんて……あ、ああ、ヨスガ様は……だから私はヨスガ様まではいらないって、それを信じていたのに……

あの反応をみるに、ラタが王様について偽物だと気付いたタイミングは――

「つまりラタさんは俺に助けを求めた時点では、王様が偽物だと知らなかった、ヨスガさんが生贄にされないと考えるはずなんだ。だけど、それでも俺に……。……矛盾だらけなんだよ、ラタさんの行動は。その矛盾こそ、俺はラタさんの迷いだと思う。…………………なんだよ……。すごい微妙な空気なんだけど。馬鹿な推理か？」

そう俺が言うとサイフォンが瞼を閉じて苦しそうな声を出す。

「いいえ、馬鹿だなんて。私はそんなお師匠様（仮）の愚直なところが好きなのですから」

「うん、うんん？」

急によくわからないところを言われて戸惑っているとファナが困ったように言った。

「うん、ボクも、そんなサスケ様が好き。感情的で誰かを信じて行動しようとしているところ。誰かの気持ちを、好意を信じようとするところ。全て理屈で片付くわけじゃないよね。もし理屈で片付くなら、サスケ様は隠密者にふさわしくないって言われた時点で諦めてるから。……そうじゃない、理屈じゃない。ただ、その気持ちに突き動かされて動きたいんだよね。そんなサスケ様がボクは大好きなんだよ」

「ええと、つまり？」

なんだかファナとサイフォンから熱い気持ちをぶつけられている気がする。

サイフォンが小さく笑いながら言った。

「つまり、その無条件に人を信じるところです。人の善意を、普通はなかなか信じることはできませんので。私は、ただひたすらにお師匠様（仮）のその部分を好ましく思います。……いいのではないでしょうか。誰かを信じて、誰かを好んで、その可能性を信じて、その上で誰かを救いたい。それだけでも」

そうしてサイフォンは顔を上げた。いつもの無表情に戻りながら言葉を続ける。

「とにかくそのお師匠様（仮）の推測が正しいとして、ラタはヨスガ殿を助けたかったと言うことで進めて構わないかと」

ファナがパチリと大きく瞬きしながら告げてくる。

「ボクもサスケ様の考えに賛成でいいかな。つまりラタさんは、結局、ギズラから受けた任務を遂行しながらも、ヨスガさんを救いたいという思いは本物だったんじゃないかな。ラタさんの行動がなんだかチグハグで整合性がなく矛盾に満ちているのは、ラタさんの迷いを示しているんだと思う。ラタさんもヨスガさんが大事で、仲間だと思っていたんだよ」

「そうか……」

その言葉にファナが大きく頷きながら言う。

「たぶんね！　もしそうなら、やっぱり当事者同士でお話してもらった方がいいよ」

なら、どうしよう。そもそもラタは昏睡状態のままで、アーサーのいる砦内の病院で治療中だ。あとで王都の軍病院に移されるらしいが、いつになるかわからない。

「……仕方ない。お師匠様（仮）のためです。少し乱暴になりますが、我が秘術によって彼女

を拘束して、持ち運べるようにしましょう」

そう言ってサイフォンは、どこからともなく、拘束衣や猿ぐつわ、手枷や足枷、ロープや鎖や首輪などを床に放り投げた。

「こういった道具を使うしかないでしょうな」

淡々と言葉を発するサイフォンに信じられないといった形相でファナは言った。

「う、うわあ、かなりドン引きだよ。キミって、そんな外見で、こんなものを常備しているんだ。そういう趣味だとしても、ちょっと危険じゃないかな。あんまりサスケ様に近づけたくないんだけど、キミのこと」

「何を言っている。貴様は常日頃から私をお師匠様（仮）に関わらせたくないと思っているだろうに。今回に限ったことではない」

「え、えぇ、そうだけど、そうなんだけど、そうじゃなくてぇ。いつだってまともだとか言い放つような人間がやっているようなことじゃないよね、これ？　ちょっと、あんまりにもあんまりじゃないかな？　キミの人間性的に、どうなの、これ？　まともじゃないよね？」

俺は大きなため息をつき、そんな彼らを静観するのだった。

＊＊＊

あれから無事に仲間に保護されたヨスガは、勇者ギルドの事務所の一室で仕事をしていた。

夜、窓の外に人の気配を感じて警戒したのか、彼女は、外の様子を窺いながら、そっと窓を開けた。

さすがヨスガだ。すぐに俺たちに気付くとは。下手な騒ぎになる前に俺は彼女の前に姿を現して挨拶した。

「やあ、久しぶり、ヨスガさん」

「ちょっと！」

俺の姿を見て彼女は目を丸くして苛立った声で言い放つ。

「どういうことよ。早すぎない？　夢を諦めそうになったら会いにくるとは言ってたけど、まさか、もう諦めたってこと？　わ、私は会えて嬉しいけど……」

「え？　よく聞こえなかったけど」

「なんでもないわよ！　情緒とか、感情の機微とか、ちょっとは私に配慮しなさいってことを言いたいのよ！」

彼女の怒りももっともだ。ある程度、目標を達成してから会いたい、と。そう彼女に言ったから、簡単に姿を見せられないはずだったのだ。

事情が変わってしまったのだ。それをきちんと説明する必要がある。

「実は仲間もいるんだ」

ヨスガは俺の後ろに視線をやった。俺も後ろを振り向く。そこにはファナとサイフォンが姿を現していた。

「どうも、ファナという名でサスケ様の弟子をしているよ。前にも挨拶したけど改めてよろしくね。……あ、でもちゃんと言わないとね、ボクはサスケ様には尊さを感じているだけで、単純な好意じゃないから、そこは勘違いしなくていいから、安心してね」

意味不明な言葉を放つファナにヨスガは首を何度も傾げている。

サイフォンが続いて挨拶をした。

「こうしてきちんと挨拶をするのは初めてですね。……サイフォンと申します。私はお師匠様（仮）を光だと考え信仰心に近いものを抱いております。どのように勘違いされても問題ありませんが、その想いを変えることはないでしょう」

「え？　え？　信仰心？　え？」

動揺するヨスガを、まあまあと宥めながら俺は言葉を紡いだ。

「あいつらの言葉は深く考えてもどうしようもないから気にしないでくれ。それより……」

俺はサイフォンに目を向けると彼はコクンと小さく頷いた。俺は戸惑いながら口を開く。

「ある病院にラタさんがいる。……一緒に来てくれないか？　少しの間だけなら、ラタさんと話ができると思う」

ヨスガは呆気にとられたような顔で俺を見つめていた。

俺は言いにくそうな表情で言葉を続ける。

「ヨスガさんは俺に、いつでも待っている、と伝えてほしいと頼み、ラタさんは俺にヨスガさんの救出を頼んだ。……それって、つまり二人ともお互いを大事に想っているということだろ。だからこそ、俺は……」

「不要よ」

ヨスガは、ぴしゃりと俺の言葉を遮った。真剣な顔をして言葉を続ける。

「私はラタのもとに行かないわ。特別扱いしないで」

「で、でも……」

躊躇う俺にヨスガは眉をつり上げながら苛立ちまじりに言った。

「あまり私をなめないでくれるかしら。わきまえているわ、もうラタに自由はないってことくらい。それだけのことを、ラタはしたのよ。だからこそ、こんな真似はよしなさい」

そこで彼女は自分の頬をパチリと叩いた。スウハアと大きく深呼吸をする。戸惑っている俺たちを見て「よし」と彼女は自分に言い聞かせるように言った。

「はあ、すっきりしたわ。同時に感謝するわね」

俺の方に顔を向ける。

「私は現実を見るべきだったのね。……ええ、清々しい気持ちよ。ずいぶん私に配慮してくれたのね、サスケくんてば」

なんだかよくわからないがヨスガは満足しているようだ。「え?」と戸惑う俺に彼女は声を強くして話しかけてきた。

「もう、逃げないわ。それを決断させるために、こんなことをしたのでしょう?」

「いや……」

別にそういうわけではない。ただ二人には話をしてほしかっただけだ。

「私とラタは自由に話せる立場じゃなくなってしまった……。うん、厳しい現実を目の当たりしたから、甘えて現実から目を逸らしていた自分を見つめ直すことができたのね」

「そう、なのか？」

そう俺が言うと彼女はこくりと頷く。

「……ラタは私を裏切ったの。そう、きっと最初から利用するつもりで私に近づいてきた。私もそれに気づいていたけど、ラタを信じていたかった。でも、それは私の弱さだったし、認めたくないものから逃げて誤魔化したかっただけだったの。

でも、心のどこかで気づいていたから、サスケくんに依頼した……だけど本当はあなたに、ラタ自らが罪を認め、償うように伝えてと頼むべきだった。でもあの時の私には、ラタの裏切りを認める強さがなかったの。……ええ、な・か・っ・たのよ」

「でも、俺はラタさんが単に裏切っただけだとは思わないよ。ラタさんはどこか心の奥では、本当に……！」

そんな必死に縋ろうとする俺に苦笑しながらヨスガは言葉を続けた。

「ええ、私も思っているわ。私を気遣うラタの優しさはたしかに本物だった。その気持ちを私は彼女の傍で感じていたわ。……だけど、それを確かめるのは今じゃないのよ」

ヨスガは窓から、そっと離れていく。

「ラタには罪を償ってもらうわ。その上で私は堂々と彼女に会いに行くわ。そのときには、彼女の罪と向き合えるくらい成長しているはずよ。だって、魔王を倒して世界を救った私なのだから。もっと、力だけでなくて心も勇者らしくならなきゃね」

寂しそうに彼女は笑う。

「気付かせてくれて、ありがとう」

「ええと、実は単に二人に話をしてほしかっただけで……そこまで深く考えていなかったというか」

そう俺が正直に話すと彼女は目を丸くしながらも小さく肩を揺らして笑った。

「そうなのかしら？　無意識ってことなのかしら？　いいわ、そういう自然体で私を導いてくれるところ、嫌いじゃないわよ。……ふふ、大人びた言い方をしちゃったかしら？」

そう言いながら、彼女は無邪気に笑ったのだった。

＊＊＊

隠密者のアジトに戻った俺は早速、マスルールに報告することにした。

「——ということで依頼主には怒られたような、感謝されたような……」

「合格じゃ」

即答だった。

机に座っているマスルールを俺は目を丸くしながら困惑して口を開く。

「いえ、でも、俺は全然任務をこなせていないような……」

「ワシは言ったじゃろうが。依頼主の真意を満たせと。彼女は己の向き合うべき心を自覚した。

そうして依頼主は満足したわけじゃろう。ならば良し」

「でも俺がしたかったことは、結局、叶えられませんでした。ヨスガさんもラタさんと話せたわけではない。何も解決していないのでは？」

「そもそも、今の状態で依頼主と、その者を引き合わせても会話にならん。……ここで大事だったのは目的を達成することではない。あくまで依頼主が、お主の行為で『自分が弱いから、今はまだ話せない。話すのであれば、自分の心が強くなって、正しい手順を踏んでから』ということを自覚することなのじゃろ。

お主の話を聞く限りでは、依頼主が満足して納得したようだから良かったと、ワシは言うておるんじゃ」

「…………なるほど」

こくりと俺が頷くと、マスルールは何度も頷き返してくれた。

「そのきっかけは、お主がラタのヨスガへの好意や善意を信じたからじゃ。誰かのことを信じることは難しくてのう。どうしても理屈で片付けてしまい、無条件に信じられんようになるし、年を取るごとに難しくなる。……自分のことすらも信じられんようにな。

お主は、誰かを信じるという強さを持っているようじゃ。たしかにアーサー王の言う通り、ここで隠密者見習いを辞めさせるのは惜しいの」

「つまり？」

「ワシもお主の先が見たくなったということじゃ」

ふぅとマスルールは破顔して言葉を続けた。

「サスケよ、成長しておるぞ。そのまま励むように」

もしかして今、はじめて俺の名前を呼んだ上に認めてくれたのか。

「……」

「どうしたんじゃ。素直に受け入れんかい」

「……はい、ありがとうございます」

「ただ勘違いするなよ、お主はまだ見習いじゃ。隠密者として認めたわけではない。もう少しチャンスをやってもいいかのう、という……つまり、そんな感じじゃぞ！」

「はい」と返答しつつ嬉しさに頬が自然に弛んでしまう。

ああ、命の恩人と、こうして会話ができるなんて。

いつか、俺があのとき助けられた人だと、あなたに憧れたのだと言えるときがくるのだろうか。いいや、必ず言えるように立派な隠密者になってみせる。

今は、その決意を胸に、このときを大切にしたいと思ったのだ——

あとがき

こんにちは、鳥村居子と申します。本作を手にとってくださり、ありがとうございました。

実はあまりラブメインでない、がっつりとしたコメディを書いたのは初めてだったため、こうして読者の方々にお披露目できたことを嬉しく思うと同時にドキドキしています。

ブレイブ文庫様という新しいレーベルでの初めてのチャレンジということで、もしよろしければ一二三書房編集部様宛に本作の感想などを送っていただければ嬉しく思います。好きなキャラなど書いてくだされば、そのキャラに関するSSをお礼ペーパーとしてお返しできればと考えています。

それでは謝辞を。

本作の執筆にあたり、いろいろな方々にお世話になりました。一二三書房ご助言・ご指導くださった編集部の皆様に担当様、ファナやヨスガなど魅力的なキャラクターを描いてくださった兎塚エイジ様、営業様など関係者の皆様、本を置いてくださる書店様、たくさんの人たちに支えられて、こうして本作が形になりましたこと、本当に感謝しております。

では、また、どこかでお会いできますように。

鳥村　居子

BRAVENOVEL
ブレイブ文庫

異世界に再召喚された勇者の隠密できないアサシン無双

2018年7月28日　初版第一刷発行

著　者　　鳥村 居子

発行人　　長谷川 洋

発行・発売　株式会社一二三書房
〒102-0072
東京都千代田区飯田橋2-14-2雄邦ビル
03-3265-1881

印刷所　　中央精版印刷株式会社

Printed in japan.
ISBN 978-4-89199-496-9